神さま御用達！『よろず屋』奮闘記

風見くのえ　Kunoe Kazami

アルファポリス文庫

https://www.alphapolis.co.jp/

目次

序章　ヤマトタケルノミコトとオトタチバナヒメの昔

海は、平面を忘れたようだった。

あちらこちらで海流が渦巻き、高さ比べをするかのごとく波が跳ねたり落ちたりを繰り返す。

風はすべてを吹き飛ばさんと猛威を奮い、叩きつける雨が上からも下からも体を濡らし衣服を体に貼りつかせた。

これほどの嵐を見た者は、いまだかつていないだろう。

ここまで破竹の勢いで戦に勝利し英雄と称えられるヤマトタケルノミコトさえも、このときばかりは死を覚悟した。

誰もが絶望にひれ伏す甲板の上に、たったひとり白い衣に身を包んだ女性が立っている。

腕利きの水夫でも体を起こせぬ中で、その姿は異様だ。

黒い瞳で荒れ狂う海を見つめた女性は、胸の前で手を組み澄んだ声をあげた。

「私がヤマトタケルノミコトさまにかわって海の中に入ります。御子（みこ）さまは使命を果たすため生きてください！」

それは、大いなる覚悟の言葉。我が身を海神への供物（くもつ）とし嵐を鎮（しず）めると、彼女は言ったのだ。

「オトタチバナヒメ！」

英雄ヤマトタケルノミコトは、女性の名を叫んだ。

オトタチバナヒメは、彼の妻。

いくら己れや仲間の命が風前の灯火（ともしび）でも、最愛の女性を犠牲にしてまで生き延びようとは思っていない。

「やめろ！　オトタチバナヒメ！」

しかし彼の叫びも空（むな）しく、一度こちらを振り返ったオトタチバナヒメは、そのまま海中に身を躍らせた。

一際高くせり上がった波が、まるで迎えるがごとく彼女の体を搦（から）め捕（と）っていく。

「オトタチバナヒメ――！」

嫋（たお）やかな女性の体は、あっという間に見えなくなった。

同時に、あれほど荒れ狂っていた波がみるみる静かになっていく。

幾重（いくえ）にも渦巻（うずま）いていた海流も、その輪を解いた。

雨はやみ、凪ぎ、厚い雲が割れて日差しが射しこんでくる。穏やかな海面がキラキラと輝いた。

「──おお！」

「奇跡だ！」

「オトタチバナヒメさまが、海神を鎮めてくださったのだ！」

「助かったぞぉ！」

船の上で、兵士も水夫も抱き合って歓声をあげる。

その中で、ヤマトタケルノミコトだけが呆然としていた。

いまだ信じられぬように海を見つめ──いや、睨みつける。

「……認めぬ。認めぬぞ。このようなこと！」

やがて、低く、強く、怨嗟の声を漏らした。

「オトタチバナヒメは我が妻！　ワタツミノカミにもイザナミノミコトにも渡しはせぬ！」

ワタツミノカミは海の神。

イザナミノミコトは死者を統べる冥府の神だ。

低い声には並々ならぬ思いが籠もっている。

「私は、我が妻、オトタチバナヒメを、この手に取り戻す……何があろうとも！　たとえ、どれほどのときを経ようとも……必ず！　必ずだ！」

誓う声は、空と海とに吸いこまれていく。

どこからか現れた白い鳥が一羽、海の上を飛んでいた。

第一章　ニート巫女（みこ）、採用される

柏槇（びゃくしん）神社は、古い神社だ。

鳥居こそ戦後に建て替えられた塩化ビニール製だが、小さいながらも本殿と拝殿が別々に建っていて、怪物ヤマタノオロチを退治したことで有名なスサノオノミコトを祭っている。

神社の名前の由来は、境内の真ん中に立つご神木の柏槇の大木。

風が境内を爽（さわ）やかに吹き抜けて、柏槇の枝葉をサヤサヤと揺らす。

そのご神木の下に、白い小袖に緋袴（ひばかま）の巫女装束に身を包んだ女性が立っていた。竹箒（たけぼうき）を手に深いため息をついている。

巫女は、女性にしては背が高くスラリとしているのだが、今は項垂（うなだ）れているため、どことなく小さく見えた。

竹箒を神木に立てかけた彼女は、胸の合わせに挟んだ手紙を取り出し開いては、さらにため息を深くする。

その手紙は、つい先刻赤いバイクに乗った郵便配達のおじさんから手渡されたも

の——就職を希望した会社からの不採用通知だ。

しかも十社目なのだから、彼女が落ちこむのはむりもない。

「どうして、こんなに何度も不採用になるのかしら」

ポツリとこぼした言葉に、樹上からカラスが「カア〜」と返事をした。

慰められているのかバカにされているのかは、わからない。

巫女の名前は、柏原橘花。柏槙神社の宮司の娘である。

「大学を卒業するまでは順調だったのに、まさか最初に内定をもらった会社が、就職前に倒産するとは思わなかったわ」

橘花にとって青天の霹靂だったその事実が判明したのは、三月の終わり。既に主立った企業では次年度卒業生の就職戦線が始まっており、その中での新たな就職活動は困難を極めた。

結果はご覧の通りの連戦連敗だ。

「でもでも、今の私は、一応実家の神社の手伝いをしているんだから、ニートではないわよね？」

限りなく近い存在であることは間違いないだろう。

手紙をしまい、再び手にした竹箒を握り締め黄昏れていると、拝殿のほうから声がした。

「橘花、ちょっといいかい？」

白い狩衣と紫色の袴を合わせた宮司衣装は、彼女の父親だ。右手をひらひら振って、橘花を呼んでいる。

「は～い！」

なんだろう？

長い竹箒を小脇に抱え、橘花は走り出した。

狭い境内の掃除は終わっているから、断る理由はなかったのである。

橘花が父に招き入れられたのは、驚いたことに大社造りの本殿だった。

神社の本殿とは、祭神が鎮座ましますところ。一般の人は入れない。

中央に太い心御柱を持つ簡素な板張りの床に、橘花と父は対面で座った。

ピチチピチチと、鳥の囀りが聞こえてくる。

のどかな環境なのだが、橘花はなんとなく居心地の悪さを感じた。

本殿での話となれば、つまらない世間話ではないはずだ。

（ここには〝あの御方〟がいるのだもの）

橘花は正座した足をモゾモゾと動かした。

父がコホンとひとつ咳払いをする。

「あ〜、その、就職活動は、どんな感じだい？」

そんな言葉をかけてきた。

「全然ダメ。さっきも不採用通知を受け取ったばかりよ」

「そうか」

父は少しの間、下を向く。やがて顔を上げ、身を乗り出した。

「ならば、ちょっと遠いのだが、私の知り合いの店で働いてみないかい？」

橘花はかなり驚いてしまう。……表情を曇らせた。

「それは、私みたいな穀潰し(ごくつぶ)は、この神社に置いとけないってことなの？」

「まさか！　それはないよ。うちみたいな小さな神社は、巫女(みこ)を常勤で雇う余裕がないからね。橘花が働いてくれて、とても助かっている。……ただ、ずっとというわけにはいかないだろう？」

神社の巫女は若い女性がほとんどだ。別に決まりがあるわけではないけれど、十代から二十代で、結婚すれば辞めていく。たしかにずっと続ける人は少ない。

加えて、橘花は自立心旺盛(おうせい)な娘だった。常々『結婚しても辞めないでいい仕事に就きたい』が口癖で、就職先もそれを条件に選んでいる。

「そりゃあ、私も一生巫女を続けていくつもりはないけれど」

あくまで今の彼女は、一時的な家事手伝いだ。

「うんうん、わかっているよ。だからこそ橘花は、うちでの仕事に拘る必要はないと思うんだ。むしろ見聞を広めるためには、他の仕事を経験したほうがいいんじゃないのかな？」

両手を広げて父は、そう言った。

たしかに、一理ある。

考え始めた橘花を見た父は、さらに言葉を重ねてきた。

「私の知り合いの店が、住みこみの店員を募集しているんだ。食料品や雑貨といった生活用品を売っている、昔で言うところのよろず屋さ。店名もまさしく『よろず屋』というんだよ」

それは、安直なのでは？

いや、きっと昔から呼ばれてきて、自然とそうなった店名なのだろう。そういう店はいくらでもある。

「ま、というのは表向きでね。実は、神々をお相手にした何でも屋なのさ」

さらっと父は爆弾発言をした。

「へ？　……え、ええぇっ⁉」

橘花は素っ頓狂な声をあげる。

「か、神さま相手の何でも屋って……どういうこと？」

「ああ、父さんは、あまり詳しくは知らないんだけれどね――」

父は困ったように笑う。

そのとき、ドン！　と空気が揺れた。

「それについては、俺が説明しよう」

重々しい男性の声が、橘花の背後で響く。

慌てて振り返ると、つい先ほどまで誰もいなかった場所に、ひとりの男が立っていた。

もっとも、足が床から数十センチ浮いている状態を立っていると表現していいとすればだが。

男は古めかしい日本古来の衣褌（きぬばかま）を着ていた。長い黒髪を美豆良（みずら）にまとめ、腰には大きな剣を佩（は）いている。背は高く、おそらく二メートルは超えていた。

眼光鋭くこちらを見る偉丈夫（いじょうふ）が普通の人ではないことは、その衣装からも明らかだ。

いや彼は、普通の人どころか人間でもない存在だった。

「もう、スサノオさまったら、驚かさないでください」

橘花は眉間（みけん）にしわを寄せながら、宙に浮く大男に文句を言う。

男は「ワハハ！」と大声で笑った。

「橘花、お前は相変わらずの塩対応だな。〝神〟であるこの俺に対し、そこまで嫌そうな顔をする巫女（みこ）は、お前くらいだぞ」

そう、偉丈夫の御名は、スサノオノミコト。この神社の祭神である。

ごくごく平凡な一般女性（と、自分では思っている）橘花は、実は神々の姿を見、会話することのできる寄坐体質なのだった。いざというときは、その身に神を宿すこともできる。

先祖代々柏槇神社の宮司を務めてきた柏原家の血筋の持つ〝異能〟だ。

おかげで橘花は、子どもの頃から普通の人にはできない体験をいろいろと重ねてきた。

あるときは、車にひかれそうになって反対に車を吹っ飛ばしたり。

またあるときは、川で溺れそうになって水流を止めてしまったり。

山で遭難しそうになったときに、熊に道案内してもらったことは、多少ほのぼのとした思い出と言えるのだろうか？

どれもこれも滅多にない……というより、あったらおかしいことばかり。

そんな、その時々で誤魔化すのがとてもたいへんな経験を、山ほどしてきた。

この異能を授けたという祭神スサノオノミコトに対して、橘花が多少塩対応になってしまったとしても、文句を言われる筋合いはないはずである。

橘花は仏頂面で自社の祭神を睨んだ。

「私の顔なんてどうでもいいでしょう。……それより、神々相手の『何でも屋』とはどういうことですか？　お店だと思ったのですが、ひょっとしたら、うちみたいな神社なんですか？　だとしたら、祭神はどなたです？」

そこは、是非とも確認したい。

日本の神々は八百万。しかも、そのほとんどが個性豊かで……つまりは、一癖も二癖もある神さま揃いなのだ。あまり面倒な神さまとは、関わりになりたくない。

スサノオさまだけで、十分お腹いっぱいだ。

「ああ、違うぞ。何でも屋は神社じゃない。ちっとばかし、店主が〝加護〟を持っているが、ごくごく普通の商店だ」

神さま相手の何でも屋を普通の商店とは言わないだろう。

「加護？　ということは、神のどなたかがバックについていらっしゃるということですよね？　どなたです？」

「アマテラスオオミカミだ」

さらっと告げられた名前に、橘花は息をのんだ。

アマテラスオオミカミは、日本の総氏神。八百万の神々の頂点に立つ神さまだ。

ついでに言えば、スサノオノミコトの姉神でもあった。

しかも、姉弟仲は……最悪である。

かの有名な、アマテラスオオミカミの天岩戸立て籠もり事件の元凶は、誰あろうスサノオノミコト。弟の顔を見たくないというのが、理由だった。

　そんな仲の悪い最強姉神の加護を持つ店主がいる店で、スサノオノミコトを祭神とする神社の娘が働くなんて、とんでもない！

　即座に断ろうとしたのだが、スサノオノミコトが宥めるように両手を上げた。

「まあまあ、待て。お前の言いたいことはだいたいわかるが、大丈夫だから心配するな。俺の巫女が店で働くことに、姉上は文句を言わない。それどころか、積極的に迎えてくれるはずだ。……なんせ、最近の姉上の口癖は『働かざる神、食うべからず』だからな」

「は？」

　橘花はポカンと口を開けた。

「働かざる神、食うべからず？」

　なんだそれ？

「そうだ。――日本には八百万の神々がいる。俺たちのように、遙かな昔から神話として語り継がれた神や、山や川、海、風などの自然に由来する神、他国から渡来した神もいれば、神格化された人間が神と呼ばれることもある。日本人は、ありとあらゆるものの中に神を見つけだし、祭ってきた。――それが悪いわけではないのだが、さすがに数が増えすぎてきてな。すべてを統括する総氏神の姉上が、キレてしまったのだ」

橘花は、今度は目を見開いた。

「キレて――」

「ああ。面倒見切れんということだ」

八百万（やおよろず）とは、数限りないということ。数値としての八百万が限度なのではなく、無数にあることを表す。現在日本にどれだけの神さまがいるのかはわからないが、米粒の中にも神さまがいるとされることを考えれば、たしかに面倒なんて見ていられないのが正直なところかもしれない。

「よろず屋は、神々相手の何でも屋だ。増えすぎた神々の中には、己れの力だけではどうにもならない問題を抱えているものもいるからな。そんな神に対して、最高神である姉上の御力を元手に注文を受け、問題を解決し対価を受け取ることを生業（なりわい）としている。……普通に対価を支払える神は問題ないんだが、支払えず借金を重ねるような情けない神は、神格を取り上げ消滅させると、姉上は公言しているのだ」

「……神格を取り上げ消滅」

つまりは、人間で言うところの死刑である。

よほど、アマテラスオオミカミは増えすぎる神さま問題に腹を立てているらしい。

困ったものだと思った橘花だが、……ハッ！　と気づいてしまった。

「まさかっ！　スサノオさまは、よろず屋に借金なんてしていませんよね？」

ギンッ！　と睨みつけると、スサノオノミコトは露骨に視線を泳がせる。

「……き、橘花」

父が慌てて取りなすように声をかけてきた。それを橘花は手で遮る。

「しているのですね⁉　いったい、幾らです？　どうして借金なんてしたのですか！」

スサノオノミコトは、そんじょそこらの神々ではない。古く日本神話に登場するくらいの超有名神だ。性格と行動には問題大ありだが、力だけはある。借金をしたり、それを返せなかったりということは、ないはずだ。

大声で怒鳴りつけると、スサノオノミコトはわざとらしく耳を押さえた。

「そんなに大きな声を出さずとも聞こえるぞ。たしかに俺は橘花よりずいぶん年上だが、耳も目も達者だからな」

「スサノオさま‼」

茶化して誤魔化そうとするのを許さずに、叱りつける。

「……俺はこの神社の祭神なのに、扱いが酷くないか？」

怒鳴られたスサノオノミコトがボソリと文句を言った。

「祭神ならば祭神らしく、きちんとしてください！　借金なんてもってのほかです！　さあ、さっさと洗いざらい吐きなさい！」

スサノオノミコトが借金なんて、よほどの事情があるはずだ。

橘花は腰に手を当て問い質す。

白旗を上げたスサノオノミコトは、素直に話し始めた。

「……どうしても欲しい酒があったのだ。厳選された酒米を三割以下に磨き上げ、丹念に作り上げたという純米大吟醸で、期間数量限定品！　今ここで手に入れなければ二度と手に入らないという名酒を一斗樽で十荷。どうしても手に入れたかった」

聞いた橘花は、めまいがしてきた。

一斗樽とは、十八リットル。一升瓶が一・八リットルだから、十本分だ。

荷というのは、天秤棒の両端に下げる荷物を数える方法で、一荷は樽二個。

つまり十荷であれば、二十樽で総量――三百六十リットル！

「……い、幾らだったのですか？」

怖々、聞いてみる。

「さあ？　支払ったのは、よろず屋だからな。俺は注文しただけだ。……ただ、その酒は一升瓶一本で二万円とも三万円とも言われている高級酒だからな。安くはなかったと思う」

何故か自慢そうにスサノオノミコトは胸を反らした。

橘花は口をパクパクと開け閉めするばかり。

「……に、二万なら、四百万。三万なら……六百万！」

ようやく声を絞り出す。悲鳴のようになったのは、仕方ないことだろう。

「ほう？　さすが橘花。計算が速いな。それを何回か買ったぞ」

（……絶句するって、こういうことなのね）

頭を抱えて下を向いた。

「……………………その酒は？」

「むろん呑んださ。うまかった」

ワナワナと、橘花は震えだした。

「なんで、借金してまで買ったのですか？」

「期間数量限定品だと言っただろう？　発売と同時に即買わなければ数時間で売りきれるという酒なのだ。とはいえ手に入れるためには大金がいる。この神社にそこまでの金を短時間で用立てられるような余裕はないからな。よろず屋に頼んで支払わせたのさ。対価としては、俺の神力を当てるつもりでいたのだが『そんな神力はいらない。現金で払え』と言われてしまってな」

失礼な奴だとスサノオノミコトは、愚痴る。

「それで、そのお金が払えなくて、代わりに私に働きに行けと言うのですね？」

「うむ。このままでは、俺が姉上に消滅させられてしまう」

スサノオノミコトは腕を組み重々しく頷いた。

橘花はグッと拳を握り締める。

「なんで！　なんでお酒を買う前に対価が神力でいいか確認しなかったんですか⁉」

それはものを買う前の基本だろう。キャッシュレスができるのかどうかを確かめるのと同じくらい必要な行為だ。

「現金より数倍の価値がある俺の神力で払えば文句はないと思ったんだ。誰だってそう思うだろう？」

「思いませんよ！　私だって現金のほうがいいです！　そんな、現代社会では、役にも立たないような神力なんていりません！」

ガ～ン！　と、ショックを受けたスサノオノミコトは、フラフラとして床に崩れ落ちた。

「や、役にも立たないなんて――」

「立ちません！　電気代わりにもならないし、電波でもないですからね。使えるのは神さまだけなんて、人間にとってはスナック菓子より軽い力です！」

「ス、スナック菓子――」

スサノオノミコトは膝を抱えると隅っこに移動して壁に向かい体育座りになった。

「俺の力がスナック菓子。ポ〇チやカー〇より、軽いというのか」

いじいじといじけてしまう。

「ポ○チのほうが数倍マシです！　ちなみに私はシンプルな塩味派です！」

「き、橘花、そのくらいで――」

見かねた父が割って入った。

「一応、スサノオさまはうちの神社の祭神なのだから」

「……一応」

「あ――」

助けようとして突き落とすという典型的なパターンを演じた橘花の父は、居心地悪そうに押し黙る。

やがて、橘花はハ～ッと大きなため息をついた。

「もう、いいです。作ってしまった借金は、今さらどうしようもないですからね」

父とスサノオノミコトがパッと顔を上げる。

「行ってくれるのか？」

男ふたりの声が重なった。

「私が行かなければ、スサノオさまが消滅してしまうのでしょう？　そうなれば、うちの神社もなくなってしまいますから」

「橘花～っ!!」

感極まったように叫び、スサノオノミコトが橘花に飛びついてきた。偉丈夫の神は目に涙を浮かべて、橘花の腰に縋りつく。

「ちょっ！　ちょっと、スサノオさま！」

「さすが、俺の巫女だ。きっと頷いてくれると信じていたぞ！」

「ああっ！　もうっ！　……はいはい。いいから離れてください！　あ〜、でもそれだけの借金となると、私ひとりの働きで返しきれるかどうか、不安ですね」

シッシッと手を振ると、スサノオノミコトは鼻をすすりながら離れてくれた。ニパッと、人懐こい笑みを浮かべる。

「なんだ、そんなことを気にしていたのか。大丈夫だぞ。なにせ、橘花の賃金単価はものすごく高いはずだからな。橘花にやってもらうのは、俺のように返す当てのない神々からの借金の取り立てだろう。それには、まず必須条件として、我ら神々の姿が見えて話もできなければ、文字通り話にならん。そんな人間は、そんじょそこらにいないからな」

たしかに、普通の人間では神を見ることはできない。

橘花にそれが可能なのは、言うまでもなく柏槇神社の娘だからだ。

だからといって宮司や巫女の血族なら、誰もが神が見えるのかと問われれば、必ずしもそうとは限らない。最近では、見えることはおろか感じることさえできない者が多いと聞く。

まあ、表には絶対出ない情報だから、本当のところはわからないのだが。

橘花や彼女の父だって、自分たちが神々と話ができるだなんてことを世間に公表してはいなかった。

そんなことを言おうものなら、由緒正しい神社から怪しい新興宗教に真っ逆さまに没落すること間違いなしだ。

そこまでいかなくとも、心の病を疑われるのは避けられない。

いや、それよりも今問題なのは、そこではなかった！

「借金の取り立てって？　それも神さまから？　まさかスサノオさま、私にそんなことをさせるつもりなんですか？」

橘花は大声をあげた。

神々相手に借金の取り立てなんて、無茶ぶりもいいとこだ。

ズズイッとスサノオノミコトに迫る。

「あ、いや……たぶん、そうだろうなという話で、決まったわけでは、その——」

「たぶんじゃありません！　私は、そんな危険なこと、まっぴらごめんですからね！」

「そんなぁ～！　大丈夫だ。橘花ならできる！　……そうだ！　俺の神力(しんりょく)を籠(こ)めた十(とっ)拳剣(かのつるぎ)を与えよう。天之羽々斬剣(あまのはばきりのつるぎ)や天叢雲剣(あめのむらくものつるぎ)はさすがにむりだが、橘花でも扱える手頑な剣を用意するから！」

　十拳剣とは、神々の使う剣の名称。拳十個分の長さの剣なのでそう呼ばれている。

「そんなモノ持ち歩いていたら銃刀法違反で捕まってしまいます」

　橘花の指摘に、スサノオノミコトは「うっ」と詰まる。

「し、神力で小さくすれば問題ないだろう？」

「その小さな剣で、私が神さまに勝てるとでも？」

　絶対むりに決まっている。

　スサノオノミコトは焦って両手を振り回した。

「いや！　その！　……そう、それ以前に橘花は戦う必要なんてないはずだ！　なんと言っても、神にとって自分たちの姿が見え声の聞こえる人間は貴重な存在だからな。誰も橘花に手を出すはずがない！　それに、橘花は他ならぬ俺の巫女だぞ。お前には俺の加護がある。俺に逆らえる神なんていないから、身の安全は心配ない！」

　そして、偉そうにバン！　と胸を張る。

「……アマテラスオオミカミさまは？」

　ジトッと、橘花は睨む。ギクッと、スサノオノミコトは怯んだ。

「あ、姉上は、金を貸すほうだ。借金などするはずがないだろう！」

「ツクヨミノミコトさまは？」

ツクヨミノミコトは月の神。アマテラスオオミカミの弟神でスサノオノミコトの兄神だ。

穏やかな気質の人格者ならぬ神格者であり、暴れん坊で問題児のスサノオノミコトが、頭の上がらぬ神さまでもある。

「あ、兄上だって、借金などするものか！」

「まあ、そうですよね。借金なんてするのは、ご姉弟の中ではスサノオさまだけでしょうね」

橘花はフーと、大きなため息をつく。スサノオノミコトはまた涙目になった。

「…………橘花が俺をいじめる。俺の巫女なのに」

大きな体の偉丈夫(いじょうふ)が、叱(しか)られた犬のように項垂(うなだ)れる。

「き、橘花、そのくらいで。これでも一応スサノオさまは、うちの神社の祭神なのだから」

「……これでも一応」

見かねた父が割って入ったが、やはり助けようとして突き落としてしまった。わざとかと思うほど見事なとどめの刺し方である。

橘花は――仕方ないかと思った。

そんな訳のわからぬ店で働くのは、いささか――いや、かなり不安なのだが、それでも神社の存亡がかかっているのなら、行かないわけにはいかない。

「わかりました。そのよろず屋で働きます」

結局、そう答えたのだった。

カタタンカタタンという揺れに合わせて、橘花の体も時折揺れる。

父とスサノオノミコトから思いも寄らぬ依頼を受けた翌日。橘花は、よろず屋に向かうため電車に乗っていた。

足下には少し大きめのグレーのキャリーバッグがひとつ。とりあえず暮らすのに必要と思われる衣服と身の回りの品を大急ぎで荷造りして持ってきたものだ。

「大丈夫。なんせ行く先はよろず屋だからな。足りないものは向こうで買えばいい」

スサノオノミコトはカカカと笑ってそう言ったが、買えばさらに借金が増えることに気がついているのだろうか？

いや、絶対、考えてない。

橘花はため息を堪(こら)えた。

折しも電車は短いトンネルに入り、窓にくっきりと橘花の姿を浮かび上がらせる。

パーカーとジーンズというラフな格好で、黒髪を頭の上でひとつにまとめている姿は、我ながら地味だ。

どことなく草臥れているようにさえ見えるのは、間違いなくスサノオノミコトのせいだろう。

とはいえ、橘花は遊びに行くのではなく働きに行くのだ。派手に着飾るのも可愛らしく装うのもお門違いのはず。

それでも、もう少しきちんとした格好をすればよかったかと後悔したところで、視界が開けた。

トンネルの向こうは、きらめく春の海。

窓ガラス一面に、深い青が広がっている。波飛沫に陽光が反射して、白く輝いた。

思わず橘花が息をのんだのは、波間に遊ぶ龍が見えたから。

どこの神さまなのだろうか？

龍を化身にする神は、数多い。海神、水神、雨の神。魚からも蛇からも龍に転じる。

長い体をくねらせた龍は、とても気持ちよさそうだ。

何の神かはわからないが、かなりのんびりした性格の神さまらしい。

（羨ましいな）

素直に、そう思った。

同じ車両の乗客は誰ひとり龍に気づいている様子はない。橘花のように神が見える体質を持つ者はそんじょそこらにいないのだから、当たり前と言えば当たり前だ。

こんなに綺麗なのに、なんだかもったいない。

キラキラキラと、龍の鱗（うろこ）と海が光った。

事前に地図で見る限り、『よろず屋』のある町は海に面しているのだが、店の所在地は海岸からかなり離れている。

海はきっと見えないだろう。

それが、ちょっと残念だ。

……もっとも、橘花はそれほど海が好きではなかった。

こんなふうにボーッと眺めている分にはいいのだが、いざ海に入ろうとすると足が竦（すく）むのだ。

プールでは平気で何メートルも泳げるのに、海はダメ。

きっと子どもの頃に溺（おぼ）れるか何かしてトラウマになっているに違いない。

(海との距離は、これくらいがちょうどいいわ)

そう思いながら、橘花は電車に揺られ続けた。


それからふたつ駅を通り過ぎたところで、ガタンと音を立てて電車が止まり、橘花はひとりプラットフォームに降り立つ。

地方の小さな町の駅は、建て替えたばかりなのか、とても綺麗だが人がいなかった。

駅を出ると、十メートルほど直線道路があって、交差点の信号が見える。道路の右側には古びた旅館、左側にはラーメン店が建っていた。

キャリーバッグを転がして、キョロキョロしながら橘花は歩き出す。

交差点を右に曲がれば、いささか狭い二車線の直線道路が延びていた。

典型的な駅前商店街に、やはり人通りはない。

それもそのはず、今や地方都市の商業の中心は、郊外型の大規模ショッピングセンターだ。田舎の自家用車保有率は、都会よりはるかに高く、一世帯で二台、三台は当たり前。当然人々は、老いも若きも車に乗って駐車場完備のショッピングセンターに行くと聞く。

反面、公共交通機関の利用は落ちるばかりとか。

こういった駅前商店街の寂(すた)れ具合は半端ない。

おそらくこれでも頑張っているほうだろう。シャッターの下りている店のほうが少なかった。

一軒一軒覗(のぞ)きこみながら、橘花は目的地――よろず屋を探す。

そして、五十メートルほど歩いた先に、ようやく目当ての店を見つけた。

まず目に入ったのは、歩道に飛び出した野菜売り場と、濃紺の生地に白地で「酒処」と染められた日よけ暖簾(のれん)。

正面に立つと、木目の美しい一枚板に『よろず屋』と彫りこまれた木の看板が見える。

古い木造二階建ての店舗は……想像していたより大きかった。

普通の田舎のお店みたいだ。

店舗の中には所狭しと商品が並べられていて、雑多な印象を受ける。

パッと見、店内には誰もいない。

これでは、黙って商品を盗まれても、わからないに違いない。

なんだか不用心に思えるのだが、それはこの店ばかりではなく、この商店街一帯に言えること。

おおらかと言えばいいのだろうか？

橘花のほうが心配になる。

おそるおそる店内に入った。

人ひとりやっと通れるくらいの通路を進み、店の奥を窺（うかが）う。

「こんにちは！」

息を吸いこみ、声をかけた。

途端、ガタゴトと音がする。

「――はい？」

閉められていたガラスの引き戸がカラカラと開けられて、藍染（あいぞ）めの暖簾の下から手が覗いた。日焼けのしていない白い手で、指がとても長い。

姿を現したのは、ずいぶん若い男性だ。

（この人が、店主さん？）

アマテラスオオミカミの加護を持っているという人物で、神さま相手に商売をするくらいだ、もっと威厳のある老人かと想像していた。

少しクセのある、ゆるふわマッシュな黒髪とスラリと伸びた長い手足。

身長は、どう見ても百八十は超えていて、背の高い橘花が見上げなければならないくらいに高い。

整った甘いマスクは芸能人のようで、カジュアルなデニムシャツと細身のジーンズを身につけた姿は、素直にカッコいいと感じた。

足につっかけたサンダルさえ、彼が履くとおしゃれなものに見えるのだから、イケメンとはいうのは恐ろしい。

やはり、この古びた店の店主には思えない。

店主の息子か、アルバイトのお兄さんなのかもしれなかった。

「………お買い物ですか？」

ジッと橘花を見つめた青年が、首を傾げてたずねてくる。目を細めているところを見ると、あまり視力がよくないのかもしれない。

その低めの声に、何故かドキッとした。

（どこかで聞いたような？）

きっと、ラジオか何かで聞いたのだろう。有名男性パーソナリティだと言われても信じてしまいそうなイケボである。

声には、訝しげな響きが混じっていた。

それもそのはず、橘花は何も商品を手にしていない。空手でジッと見上げられた青年は、不思議そうに首を傾げ続けている。

橘花は「いいえ」と首を横に振った。

「ご店主さまはいらっしゃいますか？　私、東京の柏槇神社から来ました」

橘花がそう言った途端。

青年の纏う雰囲気がガラリと変わる。露骨に顔を顰めた。

「ああ――」

不機嫌そうに呟いた後、前髪をクシャッと手でかき上げる。

あまりの態度の急変に、橘花は呆気にとられた。

目を丸くして見つめていると、なんと「チッ」と舌打ちまでされる。

「ミケ！」

橘花から視線を外すと、青年は大きな声をあげた。同時に、彼の足下に一匹の猫が現れる。

「……あ」

橘花はその猫に目を惹きつけられた。呼ばれた名前通りの三毛の猫の尻尾が、二股に分かれていたのだ。

「しばらく店番をしろ。誰も入ってこないようにするんだぞ」

青年は猫に向かってそう命令した。

猫は不満そうに、ニャーと鳴く。

『やれやれ、猫使いの荒い人間だわい。しかも、この老猫に人避けを言いつけよる』

橘花の頭の中にははっきりと〝声〟が聞こえた。

普通の人間には聞こえない猫の声である。

長生きをした猫は、尻尾が二股になり猫又と呼ばれる妖怪になる。その中に、稀に力を持ち人々に祭られ神となる猫がいるのだが、この猫は、その神に違いない。アマテラスオオミカミの加護を持つよろず屋にいるのだから、妖怪の類いではないはずだ。

そう思った橘花は、ちょうどこちらを見上げた猫に対しペコリとお辞儀をした。

「はじめてお目にかかります」

猫はコテンと可愛らしく首を傾げる。

「ニャウン？」

『……ふむ。儂が〝見える〟娘か。どこぞの神の使いかの？』

「はい。スサノオさまのご用で、ここに参りました」

「ニャ、ニャァ〜」

『ほぉ〜、あの乱んっ、――お方の』

今、間違いなく『乱暴者』と言おうとした。

橘花はチロリと猫を見る。

三毛猫は誤魔化すように前足で顔を洗いだす。耳の上まで越えたので、きっと明日は雨だ。

「ミケ！　余計なことを喋っていないで、さっさと仕事をしろ」

青年が苛立ったような声をあげた。

「ニャッ！」

『わかっておるわい。フン、気の短い男だの。わずかばかりの借金で、儂を扱き使いおって』

フンと鼻を鳴らすと、猫神は不満そうに二本の尻尾を揺らす。そのまま店先に向かって歩いていく。

「お前は、こっちだ」

ジロリと橘花を見た青年は、暖簾をかき上げ店の奥に入った。

（……お前？）

いきなり『お前』呼びをされた橘花はムッとしたが、ここは入る以外の選択肢がないため、後を追う。

暖簾の向こうは二間幅の玄関になっていた。

青年が履いていたサンダルがあるので、ここで靴を脱ぐのだろう。

「お邪魔します」

スリッパが見当たらず靴下のまま廊下に上がると、右側の部屋の障子戸が開いた。

「こっちだ」

相変わらずの不機嫌声に呼ばれる。

入った部屋は、六畳の和室だ。真ん中に座卓があって、座布団が一枚敷いてある。

床の間にミモザの挿してある一輪挿しが置かれていて、その脇の床柱に青年は背を預けて立っていた。

「座れ」

腕を組み、顰めっ面をしている。

そうは言われても、家人が立っているのに座るのは難しい。

「――ご店主さまは？」

立ったまま尋ねると、眉間に深いしわを寄せられる。

「俺だ」

「は？」

「俺がこの店の店主だ。ついでに言えばひとり暮らしだから、他には誰もいない」

橘花はポカンと口を開けた。

（この人が？）

では、本当に目の前のこの青年がアマテラスオオミカミの加護を持っている店主なのだ。ちょっと信じられなくて、呆然とする。

しかし、呆気にとられてばかりではいられない。

それより何より気にかかることがある。

「私、店主がこんなに若い男性だなんて、聞いていないんだけど！」

橘花は叫んだ。

しかも、ひとり暮らし？　たしか、住みこみで働くことになっているはずなのに。

橘花は大学を卒業したばかりのうら若き乙女だ。若い男性とふたりで暮らすだなんて、あり得ない！

「お父さんったら、何を考えているの？」

（もう、この仕事は絶対に断らなくっちゃ！）

そう橘花は決意する。

「私は――」

「先に言っておくが、俺はお前を雇うつもりはない」

ところが、断りの言葉を告げないうちに、青年のほうから断られてしまった。

「へ？」

「柏槇神社といえば、スサノオノミコトのところだろう。あの荒くれ神、勝手に借金を踏み倒して、『代わりに優秀な人材を送る』と一方的に宣言していたんだが――寄越したのがこんな〝小娘〟とか、人をバカにするにも程がある」

青年は、忌々しそうに唸った。

腕を組んだまま、右手の人差し指で左上腕をトントンと叩いている。

相当苛ついているらしい。

まあ、気持ちはわからないでもなかった。

スサノオノミコトのことだ。きっと彼の主張通りのことをして、相手の言葉など何も聞かず、自分の意思を押し通したに決まっている。

橘花だって、スサノオノミコトのごり押しでここに来ているのだ。彼の気持ちはよくわかる。

よくわかるのだが、だからといって、露骨に腹立たしそうな視線を向けられ、ムッとしないわけもなかった。

怒りたいのは、こっちである。

「……小娘って、私のことですか？」

「他に誰がいる？」

「初対面のあなたに、そんな呼ばれ方をされる覚えはありませんけど！」

橘花が怒鳴ると、青年はハッと笑う。

「実際、役に立ちそうにない小娘なんだから、本当のことだろう？　俺は遊びで仕事をしているわけじゃないんだぞ」

「私は巫女（みこ）よ！　役立たずじゃないわ！」

橘花は両拳を握り締め、青年を睨（にら）みつけた。

ここまで腹が立つのも久しぶりだ。

スサノオノミコトを相手にしたときと、どっこいどっこいなのではないか。

（この人、人を怒らせる天才なんじゃない？）

そう思って睨んでいると、青年はますます小バカにしたような表情を浮かべた。

「巫女？　……ああ、たしかに〝猫神〟の姿は見えて話もできたようだが……だからって、お前が役立たずじゃないという証明にはならないだろう？　だいたい、今の時期にその年齢で、うちで働こうとするなんて、就職もできない親のすねかじりに決まっている。そんな小娘に何ができる？」

グサッ！　と、言葉の矢が橘花の胸に突き刺さった。

一部事実であるために、反論が難しい。

「わ、私は親のすねかじりじゃないわ！　巫女だもの。立派な家事手伝いよ！」

「そういうのを、すねかじりって言うんだ」

（絶対に違う！）

「うるさいわね！　私のことをよく知りもしない人に、すねかじりだなんて言ってほしくないわ！」

「知らなくたってわかる。お前は無能な小娘だ。とっとと親の神社に帰れ」

「言われなくたって、こんな失礼な店主のやっている店でなんて、私だって働きたくないわよ。すぐに帰ってやるわ！」

橘花は大声で怒鳴った。本気で踵（きびす）を返そうとする。

しかし、すんでのところでとどまった。

このままおめおめと帰るのは、腹立たしいと思ったのだ。少し考え、言葉を続ける。

「でも、私の申し出を断ったのは、そっちですからね。これで借金を返せなくなっても、文句は言わせないから！　そう思いなさい！」

「はぁ～？　お前、何を言っているんだ？」

借金のことに言及すると、青年は信じられないといった顔をした。

「なんでそうなる？」

「なんでも何も、言った通りよ。私の労働の提供を断ったのは、あなたでしょう？」

「それと借金は関係ないはずだ」

「払うというものを、受け取らなかったのはあなただもの。関係なくはないわ！」

橘花は腰に手を当て、胸を張る。

……実は、我ながら無茶苦茶なことを言っているなという自覚はあった。

しかし、借金をそのままにしては帰れないのだから、多少のむりは押し通さなければならない。

せめて、半額くらいにまけてもらわなければ。

――できれば、三割……ううん、もう一声！

橘花は心の中で叫んだ。

「寝言は寝て言え！　役立たずの無能な小娘を雇わなかったからといって、どうして俺が借金を棒引きしなきゃならない？」

青年は、ひどく不満そう。ギロリと睨（にら）みつけられるが、怯（ひる）んではいられない。

「役立たずの無能な小娘なんかじゃないって言ったでしょう！　仕事をさせもしないのに、そんなことを言われる筋合いはないわよ！　ともかく、スサノオさまの借金は私の労働でしか返せないんだから！　それを受け取れないなら、諦めてもらうしかないわ！」

　橘花と青年は、バチバチと火花を散らす勢いで睨み合う。

　やがて、青年がもう一度大きく舌打ちした。

「――借金は減らせない。鐚一文まけないぞ。全額耳を揃えて返してもらう！」

「この守銭奴！　私だって、労働以外では払わないわよ！」

　そもそも、お金がないから払えない。

　ふたりはともに一歩も退かなかった。延々と睨み合う。

　……そして、どのくらい睨み合っていたのだろう。

　さすがに橘花が限界を感じてきた頃に――突如、青年が目を瞬かせた。

「……あ」

　唐突に呟く。

　ポカンと口を開けた姿も、悔しいけれどイケメンだ。

「…………お前は……誰だ？」

　そう聞かれる。

　そう言えば、お互い名乗っていなかった。

　今になってそれに気がついたのだろうか？

「私の名前は、柏原橘花。柏槇神社の宮司の娘よ。――あなたは？」

自分の名を教えたのだから、相手の名を聞いてもいいはずだ。

青年はジッと橘花を見ていた。

「俺は――俺の名は、ヤマト……碓井大和だ」

ヤマトと言った後に口ごもり、フルネームを名乗る。

「……オ……お前は……どこかで、俺と会ったことはないか？」

急にそんなことを聞いてきた。

こんなイケメンに会っていて、忘れることなんてないだろう。

声には聞き覚えがある気がしたが……いや、やっぱり初対面だ。

「会ったことなんてないわよ。……何よ？　お金を踏み倒されたくなくて、懐柔しようとしているの？」

『どこかで会ったことがない？』と聞くのは、ナンパの手段のひとつ。

橘花は不信感丸出しで青年――大和を睨んだ。

大和は目を見開き……やがて「クソッ」と一言、吐き捨てるように呟く。

「……そうか。わかった」

一度顔を伏せ……その後上げたときには、冷静になっていた。

「お前が、そこまで言うのならチャンスをやろう。仮雇用して仕事をひとつ請け負ってもらう。その仕事を上手く片づけられたなら、正式採用するということでどうだ？　その代わり、失敗したなら俺の言うことに従ってもらう」

「望むところよ！　仕事のひとつやふたつ、ちょちょいのちょいっと片づけてやるわ！」

引っこみのつかなくなった橘花は、胸をドンと叩いて請け負ってしまう。

「よく言ったな。お手並み拝見だ。……ああでも、むりはしなくていいぞ。いつでも俺を頼っていい」

そんなことを言われても、できないとバカにされているようにしか受け取れない。

「絶対、頼ったりしないから！　私の活躍を見ていなさいよ！」

橘花は大声で怒鳴り返した。大和が苦笑する。

「ああ、一瞬も目を離さないで、よく見ていよう」

その笑みが、どこか寂しそうに見えたなんて……目の錯覚だ。

ともあれ、こうして橘花は、よろず屋に仮雇用されることになったのだった。

第二章　タカオカミとノヅチ

タカオカミは、雨を司る水の神だ。火の神ヒノカグツチの血から生まれた、たいへん神格の高い神さまのはずなのだが……橘花の初仕事は、なんとタカオカミからの借金の取り立てだった。

スサノオノミコトといいタカオカミといい、借金をするかどうかと神格の高さは無関係らしい。

「ここって、あの有名な水龍神社ですよね？」

雨乞いにご利益があると評判の神社は、平日なのに参拝客がいっぱいだ。

実家の柏槇神社などとは比べものにならない大きな赤い鳥居を、橘花は見上げる。

深く一礼してから、くぐった。

いったいどうして借金なんてしたのだろう？　しかもこの人出で、返せていないのが不思議だ。

手水舎で心身を清め、玉砂利の敷き詰められた境内をできるだけ音を立てないように歩きながら、橘花は隣を歩く大和に視線を移した。

途端、バチリと目が合う。

最近は、いつもこうだ。

「……何か？　大和さん？」

大和が名字で呼ばれるのは嫌だと言うので、橘花は下の名前で呼んでいた。

橘花の声を耳にした大和の、整った顔が微かにほころぶ。

きっと、意味のない条件反射なのだろうが、心臓が跳ねる。

（笑ったように見えるんだもの。イケメンの笑顔は、目の毒だわ）

なんだか落ち着かない。

当初、橘花は自分だけで借金の取り立てに行くつもりでいた。

神さま相手の取り立てに不安がないわけではなかったが、橘花は寄坐体質。神々の姿を見、会話をすることさえも可能なのだ。案外面倒くさい性格ばかりが揃っている神さまのお相手も、スサノオノミコトで慣れている。

やり方さえ教えてもらえたら、十分対応可能だと思ったのに、大和は自分も行くと言い張った。

「目を離さないと言っただろう」

そんなに橘花の一挙手一投足を見張るつもりなのか。

ほぼ初対面の相手だから、信じられなくともむりはないのだが、こうもあからさまに見ていられては、面白くない。

取り立てた借金を持ち逃げするとでも、思われているのかもしれないが――そんな面倒くさいことするつもりはなかった。

大和から視線を逸らした橘花は、境内の脇に立つしだれ桜に目を留める。

樹高およそ八メートル。薄紅色の一重の花弁をたわわに垂らした桜は、少し盛りを過ぎているものの、まだまだ見事に咲き誇っていた。

たくさんの花びらが散って、地面が淡く染められている。

舞い落ちる花びらを見ていると、落ちた先の地面が突如もっこりと盛り上がった。

「……え？」

土をかき分け現れたのは、太った蛇のような細長い生き物だ。頭とおぼしき部分に、ポッカリと開いた口が見えるが、その他には目も鼻もついていない。

「ひょっとして……ノヅチ？」

橘花は小さく呟いた。

ノヅチは妖怪と言われているが、実は草木の精霊だ。ちょっと不気味な外見から、人を食うとか妖怪を生むとかいう伝承もあるのだが、実態は素朴で単純な精霊である。

周囲には、橘花同様しだれ桜を見ている参拝客も多いのだが、誰もノヅチに気づいた様子はなかった。

おそらく、橘花以外の人の目には、ノヅチは映っていないのだろう。

ボコンと地面に飛び出したノヅチは、クネクネと体を動かして神社の奥に向かった。

その動きに合わせて桜の花びらが舞うのだが、不自然なその現象を指摘する者も、やはり誰もいない。

（本当に、みんな見えないのね）

いや、ひとりだけ例外がいた。

それはもちろん大和だ。

アマテラスオオミカミの加護を持つという青年は、当たり前のように橘花と同じ方向に視線を向け、歩き出す。

それが、なんだか新鮮だ。

橘花は自分の特異性をよく知っている。自分の目には当たり前のように見える存在が、多くの人々にとってはまったく認識できないものであることを。

神々というものは、あるものはとてつもなく美しかったり、またあるものは心胆寒からしめるほどに恐ろしいものだったりするのだが、それを見えず感じられない人々にとっては、いないも同然。

どれほどに橘花が感動し、強烈な印象を受けようとも、誰も共感してくれないし、誰にも訴えかけることができないものなのだ。

唯一父だけは違ったが、その父とだって常に一緒にいるわけではない。神々やそれに連なるものたちを見るたび、橘花は孤独を感じていた。

(でも、この人は私と同じものを見ている)

たったそれだけのことが、心を浮き立たせる。

足を弾ませ、橘花も後を追った。

ノヅチが導いた先は、神社の奥に建つ小さな摂社だった。後ろに椎の木立があって、屋根に影を落としている。

摂社とは祭神以外の神さまを祭る社で、祭神と縁の深い神さまや、古くからこの地で信じられていた地主神が祭られていることが多い。

木でできた小さな扁額には『鹿屋野比売神』と書かれていた。

カヤノヒメは草の神。別名ノヅチノカミと呼ばれている。きっとこのノヅチは、カヤノヒメの眷属なのだろう。

橘花と大和が摂社の前に立った途端、モワンと目に見えぬ何かが周囲に広がった。

同時に土と草の匂いが周囲に満ちる。

この場に、ノヅチの結界が張り巡らされたのだ。

「何しに来たんだ！　借金ならすぐに返すって言っただろう！」

元気のいい怒鳴り声が足下から聞こえてくる。

慌てて見下ろした先には、小学生低学年くらいの子どもがいた。白い着物に金襴、袴を穿いた稚児衣装で、頭に天冠をかぶっている。つまり、女の子である。

（それにしては、口が悪いけど）

「お前の言う『すぐ』は、三ヶ月っていうことなのか？」

突然現れた稚児装束の子どもに、大和は驚くことなく対峙する。

「……そ、それは」

「俺は三ヶ月前に言ったよな？　今度『すぐ』が守れないようなら、アマテラスオオミカミさまに報告するって」

大和の眼差しは、冷たい。先ほどの笑みは、どこに消えてしまったのか。

稚児――間違いなくノヅチの化身だろう子どもは、顔色を悪くした。

「ま、待て！　それはダメだ！　ほ、本当に、もうすぐタカオカミさまが帰ってこられるんだ！　あの方さえおられれば、借金なんてあっという間に返せるから！　だから、もう少し待ってくれ！」

「そう言って、延ばし延ばしにした結果が、この有り様だろう？　……だいたいお前はタカオカミが今どこにいるかわかっているのか？」

大和に問われたノヅチは、グゥッと唸った。この子がタカオカミの居場所を知らないのは、聞くまでもないだろう。

「……えっと、聞いてもいいかな？　そもそもタカオカミさまがおられないのなら、誰が何のために借金をしたの？」

ノヅチと大和のやり取りを黙って見ていた橘花は、ようやくここで声を出した。

突如始まった言い合いに口を挟めなくなっていたものの、どうにも気になったのだ。

「何だ？　お前は。『よろず屋』の手下か？」

ノヅチが下からギロッと睨みつけてくる。

「手下って……従業員だけど」

「(仮)だがな」

橘花の返事に、大和がすかさず注釈をつけた。

それは、今ここで必要な情報なのか？

「子分じゃないか！」

「違うわよ！　従業員って言ったでしょう！　……一応、この神社からの取り立てを任せられているのよ。素直に教えてくれないかな？」

橘花がそう言うと、ノヅチはギュッと唇を引き結んだ。

借金の理由なんて話したくないのかもしれない。

「――雨玉だ」

黙っているノヅチに代わって、大和が教えてくれる。

「飴玉？」

「舐める飴じゃない。天から降る雨さ。こいつは、留守がちなタカオカミに代わって人間からの雨乞いの要望を叶えるために、借金して雨玉を買ったんだ」

雨玉とは、文字通り雨をぎゅっと固めて作った玉。雨神のように本格的な雨を降らせることはできないが、小雨くらいなら低位の神でも降らせることができる神界のアイテムだ。もちろん使うには神力がいるから、神ならぬ人の子には使用できない。

色は透き通った空色で、まが玉と同じ形をしているという。

なんとノヅチは、タカオカミが留守の間、人間の雨乞いに応えるために雨玉を買って使用していたのだった。

「……それって、ずいぶん面倒なことをしているのじゃない？　そんなことする必要ないわよね？」

橘花は驚いてしまう。

古今東西、人は多岐に亘る願い事をいろんな神に祈っている。

その中でも、今の時代ほど神が願いを叶える必要のない時代はないはずだ。

何故なら、人は神なんて信じていないから。

もちろん、そうでない人もいる。心の底から神を信じ敬い奉る人がいることは周知の事実。

ただ、そんな人でさえも、神の力が起こす奇跡を信じ頼りきっているのかといえば、そうではなかった。

たとえば、大学の合格祈願をした受験生が、それだけで安心して勉強をしなくなることなどまずないし、無病息災を願った人が健康に留意しなくなるわけでもない。縁結びを願う男女は、婚活にますます力を入れるだろうし、商売繁盛を願うお店だって鋭意努力を続ける。

『天は自ら助くる者を助く』

『人事を尽くして天命を待つ』

どんなに神を信じる者にとっても、神に願いを叶えてもらうためには、自分の努力が必要なことは常識なのだ。願いが叶わぬ場合、悪いのは叶えてくれなかった神ではなく努力が足りなかった自分自身なのだと、多くの人は考える。

神の力のみで願い事が叶うなんて、誰も信じていなかった。

そうでなければ、今頃全国の神社仏閣は訴訟を起こされ、数え切れないほどの裁判沙汰になっているに違いない。

神社の娘に生まれて巫女（みこ）までやる橘花にとっても、神社への願いを必ずしも叶える必要がないことは、あえて語るまでもない事実だった。

それなのに、どうしてノヅチは『よろず屋』に借金し、雨玉を買ってまで雨乞いを叶えてやったのだろう?

「うるさい！　うるさい！　誰の願いを叶えるかどうかは、こっちの勝手だろう！人間の下っ端なんかに文句を言われる筋合いはない！」

手下から子分になり、下っ端になってしまった。

「従業員だって言っているでしょう！」

「(仮)だがな」

大和の一言は余計だ。

「……そりゃあ、それで借金が返せていれば文句はないけれど」

橘花にそう言われたノヅチは、プルプルと震えて下を向く。

第三者目線で見たならば、橘花と大和が大人げもなく子どもをいじめているように見えるに違いない。

実際は、ノヅチのほうがはるかに年上のはずなのだが。

「うるさい！　うるさい！　関係ない奴が口を出すな！」

いや、この駄々っ子ぶりを見る限り、ノヅチは見た目通りの年齢なのかもしれない。

「関係なくはないわよ。私は、(仮)でも『よろず屋』の従業員で、ここには借金の取り立てに来たんだから。……まあ、とりあえず事情はわかったわ。その上で言うけれど――まずあなたがやらなけりゃならないのは、返せる分だけでも借金を返すことよ。これだけの参拝客がいるのだもの。少しくらいは返せるのでしょう？」

橘花の言葉を聞いた大和は、何か言いたそうに口を開く。それを止めるように睨むと、不承不承口を閉じてくれた。

一方ノヅチは、力なく首を横に振る。

「この神社の収入は人間のものだ。……神主は神なんて信じちゃいない」

……まあ、そうだろうな。とは思った。

そうでなければ、これほどの規模の神社で借金が支払えないなんてあるわけがないからだ。

それに、いくら放浪癖があるとはいえ、主神のタカオカミがここまで神社を留守にするとも思えなかった。

きっと、この神社の神主には橘花や父のような〝力〟がないのだろう。

しかし、そうであればこそ、ノヅチがどうして借金をしてまで雨玉を購入し雨乞いに応えていたのかがわからなかった。

でも、それを追及するのは、橘花の仕事じゃない。

彼女は『よろず屋』の店員としてここにいるのだ。橘花がすることは、借金の取り立て。

「ほんのちょっとでもいいのよ。返せない？」

「あ！　俺は鐚一文負けるつもりはないからな」

大和が余計な声をあげた。

「ちょっと黙っていて！　今は私が交渉しているんだから！」

橘花はジロリと彼を睨む。

「返せないものは返せないんだ！　金なんて持っているはずないだろう！」

そこに、大きな声でノヅチが怒鳴った。

「少しは誠意を見せなさいよ！」

「誠意なんて見せられても、割り引けない」

「もう！　黙っていてって、言ったでしょう！」

「誠意はあっても、金はない！」

橘花、大和、橘花、ノヅチの順の叫びである。

段々カオスになっていた。

「ちょっと！　――んんっ！」

負けずに怒鳴ろうとした橘花の口を、突如大和が手で塞いだ。

「……誰か来る」

小さな声で、耳元に囁かれる。

どうやらこの場に第三者が近づいてきているようだ。

橘花は慌てて周囲を見回した。

すると、こちらに向かって駆けてくる女の子の姿が視界に入る。

五、六歳くらいだろうか。今どき珍しいおかっぱ頭で、とても急いでいるようだ。

「あ――」

一声あげたノヅチは、ドロンと人化を解いた。蛇に似たノヅチ本来の姿に戻ると、クネクネと体を動かし、摂社の後ろに隠れる。

同時に周囲を覆っていたモワンとした空気が霧散した。

ノヅチの結界がなくなったのだ。

風がスーッと通り、近づいてくる女の子がジャリジャリと玉砂利を踏む音が響いてくる。

かなりのスピードで走ってきた少女は、橘花と大和を見つけて驚いたように足を止めた。

きっと、彼女の目にはふたりが突然現れたように見えたに違いない。

「こんにちは」

橘花はいたって普通の声をかけた。

「……こ、こんにちは」

黒い目をパチパチとさせながら、女の子が返事をする。ちょっぴり怯えているようだ。

「ずいぶん急いでいるみたいだけど、どうしたの？　一生懸命前だけ見て走っていたわよね？」

そのせいで女の子が自分たちに気がつけなかったのだと思わせるように、橘花はわざとそう尋ねる。

女の子は「あ！」と声をあげた。

「えっと、その、ごめんなさい！　うるさかったですよね？」

基本、神社の中では静かに歩くのがマナーとされている。もっとも、昨今はそんなマナーを気にしない人も多いが。

女の子はまだ小さいのにそのあたりがわかっているようで、申し訳なさそうに聞いてきた。

「大丈夫よ。他の人のほうがもっとうるさいもの」

橘花が耳に手を当てて音を拾う仕草をすると、女の子はホッと息を吐く。

「あの、私、これから雨乞い（あまご）の舞をするんです。その前に、どうしてもそこのお社（やしろ）にお参りしたくって、走っちゃいました。……その、あまり信じてもらえないんですけど、そこにお参りすると、雨乞いに成功しやすいんです！」

元気よくそう言った。

そこのお社と言いながら指さしたのは、ノヅチが隠れた摂社。

橘花と大和は、顔を見合わせた。

雨玉の用途に気がついてしまったのだ。

「そうなの？」

「はい！　もちろん偶然だってことくらい、私もわかっています。でも、神頼みでも何でも、できることはみんなやったほうがいいでしょう？　……えっと、それで、お参りしてもいいですか？」

「もちろん！　どうぞ、どうぞ」

橘花と大和が場所を空けると、女の子は摂社（せっしゃ）の前にスルリと移動した。

キビキビとした動作で、二拝、二拍手、一拝する。

迷う素振り（そぶ）りも考える素振りも見えないのは、彼女が常日頃からお参りし慣れていることを物語っている。

「今日の雨乞い（あまご）も、どうか上手（うま）くいきますように」

澄んだ高い声が、木陰（こかげ）に響く。

目を瞑（つむ）り真剣に祈ると、顔を上げる。

女の子はそのまま橘花と大和を見上げてきた。次いで、ニカッと、笑う。

「せっかくふたりっきりだったのに、デートのお邪魔をしちゃってすみませんでした！　それじゃ、ごゆっくり！」

屈託(くったく)なくそう言うと、タタタッと走っていった。

軽快な足音が遠ざかる。

「あ……」

橘花と大和は、ポカンとした。

風がそよそよとふたりの間を通り過ぎていく。

しばらくしてから、橘花はこめかみに手を当てた。

(いやいや、ちょっと待って！　誰と誰が、何をしていたって？)

「……デートとか、誤解にも程(ほど)があるでしょう？」

同意を求めて隣を見上げると、大和は眉間(みけん)に深いしわを寄せている。

ものすごく不本意だとか思っているに違いない。

「まったく、最近の子どもは――」

低い声で呟(つぶや)く。

「ませているわよね」

それでも、相手は子どもだ。仕方ない。

橘花は大きなため息をついた。

風に乗ってきたのだろう。桜の花びらがひとつふたつと舞い踊る。

薄紅色の一片の向こうから、大和がジロリと睨(にら)んできた。

「何だ、そのため息は？　俺とデートしているように見られたのが気に入らないとでも言うのか？」

思いも寄らないことを聞かれてしまった。

「……は？」

橘花は呆気にとられる。

「気に入らないのは、あなたのほうじゃないの？」

「俺は、あの程度の子どもの勘違いなんて気にしない」

眉間にしわを寄せて言うセリフじゃないだろう。

「だったら、何でそんな不機嫌顔なのよ？」

「……これが地顔だ」

ブスッとしてそう返してきた。

たしかに、彼は出会ったときから仏頂面でぶっきらぼうだ。時折フッと表情が緩む瞬間もあるけれど、意図してやっているようではない。

（それが〝地〟だったの？）

ヒラヒラヒラと、花が降る。

先ほど以上に呆気にとられた橘花だったが……段々おかしくなってきた。

出会ってまだ二日目だが、この大和という青年は、ひょっとしてかなり不器用な人間なのかもしれない。そんなふうに思えてくる。

だって、その証拠に、一見スマートで要領よさそうなのに、作り笑いなどを見たことがない。

橘花のことも、もっと適当にあしらっておけばいいのに、正面切って言い合って、あげく取り立てにも心配してついてくる始末だ。

（そう。何だかんだ言っているけど、きっと心配なのよ）

それほど悪い人ではなさそうだ。

思わず「ふふっ」と笑いがこぼれた。

大和の目が見開かれる。

「お前――」

何かを言おうとしたのだが、次の瞬間、また周囲の空気がモワンとする。

「雨玉を買わせてくれ！」

切羽詰まった声で叫んできたのは、ノヅチだ。いつの間にか稚児姿になっていて、大和の足にしがみついている。

「断る！」

「そんな！　頼むよ。さっきの祈りを聞いただろう？　あの子が雨乞いの舞をするんだ！」

「だからどうした？　俺には関係ない」

「そんなこと言わずに、なぁ頼むよ！　あの子の願いを叶えてやりたいんだ！　雨を降らせてやりたいんだよ！」

必死に頼んでくるノヅチに、大和の答えは冷淡だ。

「お前に、そんな力はない」

「だから雨玉を使うんじゃないか！」

「それは、分不相応というものだ。……お前の使う雨玉の力なんか一時の気休めにしかならない。そんなことを続けているから借金が膨らむんだぞ」

「気休めでも何でもいいんだ！　あの子が舞って、ちょっとだけでも雨が降れば、あの子の世話をしている人間はそれで満足するはずだから。……借金は、いつか必ず返すよ！　だからお願いだ！」

ノヅチは必死だった。

「断る！」

しかし、大和は絆（ほだ）されない。

大和とノヅチの話し合いは、いつまで経っても平行線。

ふたりの言い合いを聞いているだけでは大和が冷たいように思えるけれど……でも、きっとそうではないのだろうと、橘花は思った。

本当に冷たいのなら、ノヅチが求めるままに雨玉を売りつければいいだけだから。

だってノヅチは、タカオカミさえ帰ってくれれば借金は返せると言っているのだ。ならば、ここで多めに売っておいても最終的に元は取れる。

それに、元が取れなくとも『よろず屋』の……いや、アマテラスオオミカミの真の目的——借金を返せない神を篩い落として消滅させるというもの——からすれば、それはそれでいいはず。

その場合、存在を消されるのは、タカオカミか？　それともノヅチのほうか？

（多分、ノヅチよね）

大和の立場とすれば、どちらになってもかまわないはず。

そう考えると、今ここで大和が雨玉を売らない理由は、真にノヅチのためを考えているからにほかならなかった。

分不相応な雨玉の力を使って気休めの雨を降らせることは、ノヅチの首を絞めるだけ。

ある意味、大和はノヅチの消滅を防ごうとしているのだ。

（素直にそう言えばいいのに。本当に不器用な人）

「ねえ！　どうしてあの子の雨乞いは成功しなくちゃいけないの？」

だから、橘花は声をあげた。

元々、ここの借金の取り立ては彼女に任せられたものなのだから、口を挟んでもいいはずだ。

大和が忌々しそうに橘花を睨みつける。

(全然、怖くないけれど)

一方、ノヅチは縋るように橘花を見上げてきた。

「あ、あの子は、五年前にこの神社に捨てられていた赤ん坊なんだ。あたしが最初に見つけて、人間がくるまでカラスや虫から守ってやった。その後、市の乳児院に引き取られて、今は里親を探しているんだと思う。……人間って奴は、能力があって使い道がある子どもを引き取りたがるものなんだろう? 雨乞いができる子どもなら、どこの〝村〟だって重宝するに決まっている。きっと大事にしてもらえる。……だから、あたしがあの子をちょっとだけ手伝ってやっているんだ。そうすれば、あの子は幸せになれるから!」

――何故、そう思った?

それがノヅチの話を聞いて、橘花が最初に頭に浮かべた言葉だ。

大昔――そう、江戸時代や明治初期くらいまでならいざ知らず、今のご時世で雨乞いをする〝村〟なんてあるはずがない。

それに、今どき里親が子どもを引き取るのに使い道がある子どもを希望するなんて、一番に里親候補から外されてしまうに決まっていた。

「……あなた、いったいいつの時代の話をしているの？　雨乞いができるからって子どもを引き取る夫婦なんて、現代にはいないわよ」

「嘘をつくな！　だったら、なんで神社は雨乞いなんてするんだよ！」

それは伝統行事だからだ。

あと、ノヅチが今まで雨玉で雨乞いを成功させてきたというのなら、多少それが評判になって不思議現象見たさで、依頼する人が多いのかもしれない。

「お前のせいだ」

ズバッと指摘した大和は、やはり容赦がなかった。

ノヅチは顔を青ざめさせた後、ブンブンと首を横に振って赤くする。

「うるさい！　うるさい！　雨玉を売りたくないからって、デタラメを言っているんだろう！　騙（だま）されるもんか。早くあたしに雨玉を売りやがれ！」

大声で怒鳴り始めた。

「えっと、あのね――」

「うるさい！　うるさい！　うるさい！」

ノヅチの本体は、頭に口だけある蛇（へび）だ。目も鼻もないのだが、どうやら耳もないらしい。

橘花や大和の言葉に耳を貸さず「雨玉を売れ！」と喚く姿は、まさしく駄々っ子。泣く子と地頭には勝てぬと、昔から言う。耳を塞ぎながら、橘花は諦めた。

「これは、もう雨玉を売ってやるしかないんじゃない！」

辟易とした表情の大和に向かって、叫ぶ。そうしなければ、声が通らないのだ。

「断る！　今ある借金を返せないうちは売れない！」

大和も怒鳴って返すのは、同じ理由からだろう。

「あなたの言うこともわかるけど！　でも、今さら一個分増えたところで大して変わらないじゃない！　とりあえず、この場を何とかしましょうよ！」

「ダメだ！　そういう事なかれ主義が問題を悪化させるんだ！　お前は、そのくらいのこともわからないのか！」

蔑んだ目で睨まれて――橘花はムッとした。

大和の言うことは、よくわかる。正しい意見だと思うし、大きな目で見れば、そのほうがノヅチのためになるだろう。そんなことは、百も承知だ。

でも、だったらどうするかという話なのだ。

ノヅチも大和も、どちらも折れなければ、いつまで経ってもこの状態が続くだけ。ノヅチが見かけ通りの子どもなら、そのうち疲れて黙るのかもしれないが、腐っても神の眷属と言われる精霊。怒鳴り疲れるのに何時間かかるかわからない。

いや、何時間ならまだましで、単位が、何日、何ヶ月、何年になっても不思議ではない存在なのだ。

悲しいかな、神社で生まれ育ち、なおかつ寄坐体質な橘花は、それをよ～く知っていた。

――そう。あれは十五年くらい前のこと。

当時小学生だった橘花をいじめた男の子が、三日三晩行方不明になったことがあったのだ。

誘拐犯は、言うまでもなくスサノオノミコトで、暴れん坊の神さまは「ほんのちょっと神隠しに遭わせてやっただけだ」と、悪びれもせず言った。

……ほんのちょっとで、三日三晩。

浦島太郎も然り。神々やそれに近い存在の時間の観念なんかあてにならないこと、この上ない。

（つき合ってなんて、いられないのよ！）

「いいわよ！　私が何とかするわ！」

ついに、橘花は宣言した。

「できるものなら、やってみろ」

大和はバカにしたような顔をする。何もできないと思っているのが丸わかりだ。

彼を睨みつけながら、橘花は服の下につけていたペンダントを取り出した。トップは剣の形をしているそれは、実はスサノオノミコトからむりやり押しつけられた十拳剣だったりする。

スサノオノミコトの神力を注いでもらった剣は、普段は拳十個どころか半個にも満たないなまくらな剣。ペンダントトップにしていても、橘花の体に傷ひとつつかないのがその証拠だ。

しかしこの剣は、橘花の意思に従い形と切れ味を変えられる優れものだった。

心の中でイメージし、橘花は剣を懐刀くらいの大きさにする。

そのまま刃先を指先に当て、スッと横に滑らせた。

ピリッ！　とした痛みが走り、彼女の指先から溢れた血が剣を濡らしていく。

「なっ！　お前っ！」

大和が焦った声をあげた。

「何をする⁉」

剣を取り上げようとした彼の手を、橘花は避ける。

「タカオカミを呼ぶのよ！　それが一番手っ取り早い解決方法でしょう！」

喚くノヅチを止める方法のひとつは、大和が雨玉を渡すこと。しかしそれは、他ならぬ大和自身が拒否している。

ならば、次の方法は？　と考えて、橘花はタカオカミを呼び出すのが最善だと考えた。

タカオカミがいれば雨玉なしでも雨を降らせられるし、何よりたまりにたまった借金を返してもらえるはず。そうなれば、万事解決だ。

放浪癖があって行方不明のタカオカミだが、橘花なら呼び出すことが可能だ。

とはいえ、それには多少の準備が必要で、今剣で指先を切ったのも、そのひとつ。

タカオカミは剣に着いた血から生まれた神。

火の神ヒノカグツチは生まれる際に母であるイザナミノミコトを死なせてしまい、それに腹を立てた父のイザナギノミコトに斬り殺された。そのときの血から生まれた神々の一柱が、タカオカミなのだ。

現代日本の常識からしたら、いろいろ言いたいこと満載の神々生誕事情だが……とりあえず今重要なのはそこではない。

タカオカミを召還しやすいように、生まれたときと同じ状況を作り出し、橘花は次の段階に入る。手を組み、目を閉じ、祈りを捧(ささ)げた。

「祓(はら)い給(たま)い。清め給え。神ながら守り給い。幸(さきわ)い給え――」

同時に必要なのは、呼び出す神を明確に頭の中でイメージすること。

神社に生まれ、幼い頃からスサノオノミコトや彼の妻のクシナダヒメと会っていた橘花は、この二柱の神ならば、いとも簡単にイメージできるし素早く確実に呼び出せる。他にもアマテラスオオミカミとスサノオノミコトの誓約から生まれたムナカタサンジョシンなど、橘花が姿を覚えていて呼び出し易い神が多々存在する。

しかし、日本の神は八百万。橘花が会ったことも見たこともない神のほうが多いのは当然で、タカオカミもその一柱だった。

明確なイメージなど持ちようもないのだが——

橘花には思うところがあった。

目を閉じ、頭に思い浮かべるのは、「よろず屋」に来る際に海で見た龍神。キラキラキラと光る波間で遊んでいた優雅な巨体が、生き生きと記憶の中に蘇る。

(雨神であるタカオカミの本体は、龍よね？)

とはいえ、他にも龍体を持つ神は多く、橘花の見た龍がタカオカミだという証拠は何もない。

しかし、何故か彼女は、あの龍こそがタカオカミだと確信していた。

ぶっちゃけ、ただの直感なのだが、電車で見たあの海はこの神社からそれほど離れていない。龍ものすごくリラックスしていたようだし、地元の神だと考えるほうが自然だろう。

加えてノヅチのこの幼さ。きっとこの精霊は甘やかされて育ったに違いない。

放浪していても、タカオカミがノヅチを気にかけていないはずはなく、近くにいると思われた。

(ひょっとしたら、タカオカミの不在そのものが、ノヅチに対する教育の一環だったりして?)

あんまり我儘になったから、ちょっと離れて成長を促そうと思った可能性も無きにしも非ずだ。かわいい子には旅をさせよと言うけれど、タカオカミは子に旅をさせる代わりに自分が旅立ってしまったのかもしれなかった。

どっちにしろ、迷惑この上ない!

しっかり龍の姿を思い出した橘花は、大きく息を吸う。

「みんな困っているのよ!　さっさと帰ってきてください!　タカオカミさま!!」

大声で怒鳴る。

神に対して少々不敬かもしれないが、橘花はあのスサノオノミコトさえも叱りつける巫女。この程度のことを気にしていたら、個性的でひと癖もふた癖もある神々とつき合ってなんていられない。

「………おい」

さすがに呆れたような声を大和があげた。

そんな呼びかけで、神が応えるはずもないと思っているのかもしれない。

しかし次の瞬間、風が一際強く吹いた。

「うわっ!」

強風は枝に咲いていた桜だけでなく地面に落ちた花びらも巻き上げて、花嵐を呼ぶ。

どこからか、声が聞こえてきた。

「ウフフ。長く生きてきたけれど、こんなにぞんざいな口調で呼ばれたのは、はじめてだわ」

軽やかな笑い声が響くと同時に、花吹雪の中から美しい女性が現れた。

ぬばたまの長髪を風に靡(なび)かせて、白い肌の中に赤い唇が弧を描いている。

濡れて黒く輝く瞳が、面白そうに橘花を見ていた。

「あなたが、スサノオノミコトの愛し子なの?」

聞かれた内容に、ムッとする。

「誤解を招くような言い方はやめていただけませんか。私は見ての通り、正真正銘ごくごく普通の人の子です。私の父は神社の神主で、ちょっと頼りないところはありますが、それでも常識を弁(わきま)えた一般人ですから」

あんな暴れん坊の神さまの子どもと思われるなんて、心外だ。

タカオカミはクスクスと笑った。

「もちろん、あなたが人の子なのは、よくわかっているわ。もっとも、人の身で〝私〟

を高飛車に呼びつける娘が〝ごくごく普通〟とはとても思えないけれど？」

緊急事態だったのだ。仕方ない。

「もっと早くに現れてくださっていれば、呼びつけたりしませんでしたよ」

「まあ、そうね。……そこは悪かったと思っているわ。だから責めてはいないでしょう？」

責めなくともからかわれているのだから、似たようなものだと思う。

「タカオカミさま！」

橘花がムッとしているところに、ノヅチの声がかかった。

「タカオカミさま！　タカオカミさま！　タカオカミさま！」

名前を連呼して、主の足にしがみつく。タカオカミは……優しい目を向けた。

「はいはい。ただいま、ノヅチ」

「ただいまじゃありません！　ずっと待っていたんですよ！　心細くて、心配で、なのに人間は――あの子は、雨乞い（あまごい）を何度もするし……あたしがどんな思いで雨玉を買っていたか、わかりますか！」

ノヅチは泣きながら怒鳴っていた。タカオカミは、「はいはい」と言って笑っている。

その姿は、甘える子どもと鷹揚（おうよう）な母親といったところか。

「……………雨を、雨を降らせてください。タカオカミさま！」

ノヅチの小さな手が、タカオカミの衣の裾をギュッと握った。

「あの子はもう舞い始めているんです。早く雨を降らせてあげないと――」

たしかに、耳を澄ませると龍笛や鞨鼓、三の鼓の音が聞こえてくる。神楽殿の周囲には人だかりができていて、きっと舞を見物する参拝客が集っているのだろう。

多くの人々を前にあの女の子は一生懸命舞っているのだと、ノヅチが訴えた。

だから、雨を降らせてやってほしいのだと。

しかし、タカオカミはノヅチの言葉を遮るように首を横に振った。

「あの子の舞いでは、私の力を与えることはできないわ」

神の力は、人にとっては奇跡の力。中でもタカオカミはとても神格の高い強い神さまだ。巫女でもないただの少女の舞ごときで、その力を招けるはずがない。

「そんな！」

ノヅチが悲痛に叫ぶ。

「お願いします！　だってあの子は、あたしの見つけた子だから！　あのまま放置されれば死んでしまっただろうあの子の命を、私が繋いだんです。その後も、気になってずっと見守っていました。……あの子は、健気な頑張り屋さんで、いつでも一生懸命な子です。不遇にへこたれない優しい子で……だから、幸せになってほしいんです！」

ノヅチはその場に膝をついて頭を深く下げた。懸命な姿は、それだけあの女の子を大切に思っているからに違いない。

それでも、タカオカミの美しい顔の表情は動かなかった。

「そうね。彼女は運よく精霊に見つけてもらった可愛い子どもだわ。きっと、あなたの言うように性格もいい子なのでしょう。……でも、だからどうなの？　彼女がどこにでもいる普通の人の子だということに変わりはないわ。なんの力もない平凡な人間……ねぇ、そうでしょう？」

タカオカミの口調は優しい。しかし、その内容はノヅチには厳しいものだ。

「タカオカミさま！」

龍笛の音が高く響く。

タカオカミが微笑(ほほえ)んだ。

「ああ、でも、あなたに見つけてもらったり、あなたから雨玉で雨を降らせてもらったり……本当に運だけはいい子かもしれないわね？　ちょっとだけついている〝普通〟の子。……ねぇ、それでいいじゃない。そうしておきなさい、ノヅチ。人の子にとって、すぎた力は禍(わざわい)にもなるのだから」

神の言葉は、真実だ。強い力を持つばかりが、人の幸せではない。

力があるばかりにいらぬ不幸に巻きこまれる話は、古今東西(ここんとうざい)枚挙にいとまがないほど。

しかし、ノヅチは納得できないようだった。

「で、でも！　力はないよりあったほうがいいし、そのせいで不幸になるかどうかは、その人間次第じゃないですか！　それに……あ、そうだ！　この人間は？　この人間は、タカオカミさまを召喚できるほど力があるのに、のほほんと平和そうにしていますよ！」

そう言ってノヅチが指さしたのは、なんと橘花だ。

非常に不本意である。

「ちょっと！　のほほんって、それどういう意味よ？」

思わずノヅチに詰め寄ってしまう。

見た目幼女の精霊はビクッと震えはするものの、橘花をキッと睨みつけた。

「そのままの意味だ！　お前は強い力を持っているけれど、それを気にしている風がない。まったく自然体じゃないか？　お前は不幸ではないんだろう？」

不幸かと面と向かって聞かれたら、さすがにそれを肯定したくはない。就職試験に端から落ちて、スサノオノミコトの借金を返すため、むりやりよろず屋で働かされて、なおかつ店主の大和は、かなり横暴な人間だが――それでも、橘花は自分が不幸だとは思いたくなかった。

（まあでも、ずいぶん運は悪いなとは思うけど）

橘花はポンと自分の胸を叩く。

「そうね。幸か不幸かは、その人次第だわ。それがわかっていて言うのなら、私は自分が不幸だとは思っていないわね」

少し背筋を伸ばして、そう答えた。

ノヅチは我が意を得たりとばかりに表情を明るくする。

ところが、そこに大和が割って入ってきた。

「こいつを普通の人間の判断基準に使うのは、間違っているぞ」

ずいぶんな言われようだ。

「そんなこと言われるほど、私とあなたは親しくないと思うけど？」

「つき合いは短くとも、わかるものはわかる。――お前はかなり図太い性格をしているし、大雑把（おおざっぱ）で思いつきで即行動するタイプだ。もちろん普通の人間の中にもそういう性格の奴はいるが、お前はそういった面が頭抜（ずぬ）けている。……それに、とんでもなく鈍いしな！」

何故（なぜ）か断定されてしまった。

しかも……当たっている。

「な、何を証拠に？」

動揺を表に出したのだ、認めているも同然だった。

大和がフンと鼻で嗤う。

「今までの俺への対応もそうだったし、タカオカミを呼び出す方法やその後の会話を聞けば、一目瞭然だろう？」

言い返せないのが、辛い。

「で、でも！『鈍い』なんて、今まで言われたことはないわ！」

これは本当だ。『猪突猛進』だとか『無鉄砲』だとか『怖れを知らない』だとかは、よく言われる橘花だが、『のろま』とか『鈍くさい』とかの言葉はもらったことがない。むしろ自分は鋭いほうだと思っている。

なのに――

「いや、お前はとんでもなく鈍い！」

大和の評価は揺るがない。

「知りもしないのに、言い切らないでよ！」

「鈍いものを鈍いと言って何が悪い？」

橘花と大和は、睨み合った。お互い譲り合う気持ちは毛頭ないようだ。

「まあまあ、その辺で。……性格云々はともかくとして、私もあなたを普通の人間と一緒に判断するのは違うと思うわ」

そんなふたりを宥めたのは、タカオカミだった。

しかし橘花への評価は、大和と大きく違わないらしい。

「そんなことありません！」

「あるわよ。だってあなたは、スサノオノミコトの愛し子なのだもの。あの乱暴者を手なずけられる人間が普通のはずがないでしょう？」

タカオカミはフフフと笑みをこぼす。

手なずけているだなんて、誤解もいいとこだ。

「そんなことしていませんから！」

「あら、高天原（たかまがはら）では有名なのよ。——スサノオノミコトを動かしたいのなら、クシナダヒメと愛し子の巫女（みこ）を褒めろと。そうすれば、たいていの依頼は受けてもらえるのだそうよ」

橘花はガ～ンとショックを受ける。

それは、いったいどこの親バカだ？

いや、この場合は親バカではなく、祭神バカだろうか？　スサノオノミコトが愛妻家なのは周知の事実だが、そこにいつの間に橘花まで入ったのか。

「……ハッ！　まさかスサノオさまは、そんな理由で他の神さまからの依頼をホイホイと安請け合いしていませんよね？」

ふと思いついた橘花は、慌ててタカオカミに確認した。

あのスサノオノミコトなら、十分あり得る。

タカオカミはますます面白そうに微笑んだ。

「ウフフ、大丈夫よ。そんなにおかしな依頼はないし、ヤバそうなものは、クシナダヒメがしっかりと目を光らせて、断らせているようだから」

さすが、クシナダヒメ。あのスサノオノミコトの妻が務まる女性である。

「それならいいのですが……あ！　よくないです！　神々の噂がどうなっているのかはわかりませんが、私は〝普通〟の人間ですよ！」

橘花はきっぱりと否定した。

「往生際が悪いわね？」

「往生しませんから！」

ついには、タカオカミが声をあげて笑い出す。

美しい雨神の笑い声に合わせて、天から雨ならぬ桜の花びらが降ってきた。

「……ああ、奉納舞が終わってしまった」

同時に、ノヅチがガックリと項垂れる。

たしかに、いつの間にか神楽の音はやんでいて、聞こえてくるのは人々のざわめきだけになっていた。

「可愛い舞いだったな」

「ええ、私は見たのは二度目なのだけど、この前より上手になっていたみたいよ」

笑いさざめく雰囲気は満足そう。

しかし――

「ああ、でも今回は雨が降らなかった」

残念がる声が聞こえて、ノヅチが泣きそうになった。

タカオカミが小さな頭にそっと手を添える。

「あら、でもそれが〝普通〟でしょう？」

「そうそう。舞いの度に雨が降るなんて偶然、そんなに起こるはずもないよ」

「可愛い舞いが見られたのだもの、それで十分だわ」

「ホント、あの一生懸命って感じが最高なのよね」

次いで聞こえてきた参拝客の声は、弾んでいた。

ノヅチは目を丸くして本殿のほうを見る。

ちょうどそこに、舞いを終えたあの女の子が巫女（みこ）装束のまま現れた。

ワッ！　と大きな歓声があがり、拍手が起こる。

「お疲れさん！」

「よく頑張ったね」

「最高だったわよ！」

口々に人々から褒められて、女の子は嬉しそうだ。

しだれ咲く桜の花よりも可憐な笑顔を、ノヅチはポカンと見つめる。

花びらがクルクルと回って女の子と周囲の人々を彩った。

花霞の向こう側は、人の世だ。

ノヅチの手の届かないその場所で、女の子は笑っている。

「……ねぇ、あれでよかったでしょう？　特別でなんてなくても、努力して認められる〝普通〟の女の子。あの子には、それが幸せなの」

タカオカミの言葉がノヅチの心に降った。

ノヅチは――うんうんと、一生懸命首を縦に振る。

「人の子には人の子の幸せがあり、ノヅチ、あなたにはあなたの幸せがある。それはときに交わって、そして離れて……でも、それぞれに幸せを紡いでいく。そういうものでしょう？」

「……はい。タカオカミさま」

その声はハッキリと響いた。

タカオカミは、フフフと笑う。

「――さて、普通ではない人の子。あなたにもあなたの幸せがあるのよね」

クルリと橘花のほうを振り返り、そんなことを聞いてくる。

「幸せがあるのはもちろんですが、私は〝普通〟ですから！」

橘花は正しく言い返した。

雨神なのに、タカオカミは笑い上戸だ。ノヅチの頭をひと撫でしてからその場を離れ、橘花のほうにやってきた。

「とりあえずのあなたの幸せは、ノヅチが重ねた借金を返すことかしら？」

そのために、橘花はここに来たのである。

「はい、その通りです！」

どうやらタカオカミは案外話のわかる神さまらしい。

橘花の前に立ちながら、美しい女神は大和に視線を向けた。

「ノヅチが借りたのは雨玉だから、返すのは同じ量の雨玉を作れる〝神力〟でいいのよね？」

そう確認をする。

「ああ、そうだ」

「ええっ⁉」

大和の肯定の声と、橘花の驚きの声が重なった。

「そんな！　借金の対価は神力では払えないんじゃなかったんですか？」

スサノオノミコトはそう言っていた。

だから、橘花はよろず屋にやってきたのだ。

「現金払いじゃなきゃダメだって聞いたのに」

「ああ。スサノオノミコトの場合はそうだな」

大和は平然と頷く。

「目には目を歯には歯を――借金の返済として取り立てるモノは、何を貸したかによって違ってくる。ノヅチに渡したのは雨玉だ。だから、対価は雨玉のもととなっている雨神の力でかまわない。一方、スサノオノミコトに貸したのは、酒を買うための現金だった。だから現金で返してもらうのが当然さ」

言われてみれば納得するしかない理由だ。

「それはそうだけど……でも、もう少し融通が利いてもいいんじゃない？」

「融通は十分利かせてやっているだろう。現金じゃなく、お前のバイト代を充てると言っているのだから。……それ以上の文句は、借金をしたスサノオノミコトに言え」

そうするしかなさそうだ。ハア～と大きくため息をつくと、タカオカミがもう一歩距離を詰めてくる。

「それで、返すのは、このお嬢さんに、でいいのよね？」

からかうような表情は、大和に向いている。

「――ああ」

大和は頷いた。

たしかに、借金の取り立てに来たのは橘花だが、それは最終的に大和に渡るもの。だとすれば、今この場で彼に返してもらってもかまわないはずなのでは？

疑問に思った橘花が声をあげる前に、タカオカミの白い手が彼女の肩に置かれた。

「フフ……案外〝みだりがわしい〟のね？　でもまあ、私もそういうの嫌いじゃないわ」

橘花と正面から向き合ったタカオカミは、ジッと視線を注いでくる。

「みだり……なんですか？」

耳慣れない言葉を聞き返すが、タカオカミは笑うばかりだった。

やがて、その体が白く輝き出す。溢れる光はゆっくりとタカオカミの体を巡り、やがて彼女の白い両手に集った。

そして、そこから橘花の体に流れこんでくる。

（……温かい）

ポカポカとした何かが、体の中を満たしていった。

きっと、これがタカオカミの神力だ。

雨神というからには冷たい力を想像していたのだが……考えてみれば、雨はあまねく天より降り注ぐもの。老いも若きも、富める者にも貧しき者にも、人であれ路傍の草であれ、生者にも死者に対してさえも、すべての存在に分け隔てなく与えられるものだった。

それに、火の神ヒノカグツチから生まれたタカオカミは、荒ぶる火を鎮める神だ。

ならば、その力は慈悲であり優しさなのかもしれなかった。

「――こんなものかしら」

しばらくして、タカオカミの手が静かに離れる。

橘花は両手を広げ、自分の体を見た。

いつも通りの体だが、内を何かが満たしている。

(これが、神力)

まるでお酒を飲んだような酩酊感を覚えた。

フワフワとしているところに、上着の裾がクンと引っ張られる。

見ると、ノヅチが小さな手で掴まっていた。

「あ、あの――ありがとう。タカオカミさまを喚んでくれて！」

恥ずかしげに告げられるお礼に、自然と笑みが浮かぶ。

「どういたしまして。……今後は、雨玉なんて勝手に買っちゃだめよ」

「わかってる」

橘花は小さな頭を撫でようと手を伸ばした。

しかしその手は、届かぬうちに大和に攫われる。

「帰るぞ」

グイッと引っ張られた。

「え？　あ、ああ……はい」

借金は返してもらったのだから、もうここに用はない。

帰るのは当然なのだが、それにしても大和は急いでいるようだ。

（それに、なんだか不機嫌みたいな？）

いろいろありはしたけれど無事に目的を達成したのだから、機嫌を損ねるなどないはずなのに。

「行くぞ！」

強引に手を引かれて、歩き出す。

驚きながら振り返ると、クスクスと笑うタカオカミと、呆気（あっけ）にとられているノヅチの姿が目に入った。

「あっと――さようなら！」

橘花の言葉に応えて、タカオカミがひらひらと手を振る。

同時に周囲の空気が、スッと変化した。

タカオカミとノヅチの結界を、橘花たちが抜けたのだ。

もはや、どんなに目を凝（こ）らしても、美しい女神と小さな精霊の姿は見えない。

それが、ちょっと残念だった。

「フラフラしないで、さっさと歩け」

耳に入るのは大和の声で、橘花の手は彼に握られたまま。

別にフラフラしているつもりはないのだが、なんだか視界が揺れている。ひょっとしたら、きちんと歩けていないのかもしれない。

橘花の中には、まだ先ほどの酩酊感が残っていた。

だからきっと、大和は手を離さないのだろう。

（そういう理由なら、手を繋いでいても仕方ないわよね）

転ぶよりましかと思った橘花は、黙って大和の隣を歩く。

桜の花びらを運びながら吹く風の中で、フフフとタカオカミの笑い声が聞こえたような気がする。

（きっと気のせいだわ）

橘花はそう思った。

そうして電車を乗り継いで、ようやく橘花はよろず屋に帰ってきた。

木目の美しい一枚板の看板が、なんだか懐かしい。

まだ、ほんの少ししかここで暮らしていないのに。

古い木造二階建ての店舗が、橘花に「お帰り」と言ってくれているようだ。

靴を脱ぎ、茶の間に入って、座布団に座る。座卓の下に足を伸ばして両手を後ろについた。

「あ〜、疲れたぁ」

本当は寝転がりたいのだが、さすがに大和の前では躊躇われる。

当の大和は、呆れたような視線をチラリと投げてから部屋を出ていった。

寝転がるべきか、寝転がらないべきか？

迷っている間に、ポットを持った彼が戻ってきた。

座卓の脇に用意されている茶櫃から、急須と茶碗を取り出してお茶を淹れようとしてくれる。

「あ、私がやるわ」

「いいから座っていろ。よく見て、俺の茶の好みを覚えるんだ。いいな？」

ということは、次からは橘花に淹れろということだろう。

（それって、どうなの？　……でも、当面は一緒に暮らしていくのだから、覚えてもいいのかしら？）

そう思った橘花は、大和がお茶を淹れる様子をジッと観察した。

どうやら彼は、ぬるめのお湯で茶葉をじっくり蒸らすお茶を好むらしく、まず湯冷ましの茶器を使っている。

スッと背筋を伸ばして正座しお茶を淹れる姿は、悔しいけれど美しかった。

一幅の絵画を見るような心地だったのに、いかんせん彼の口からこぼれる言葉は辛辣だ。

「あそこまでしなくとも真にノヅチが困ればタカオカミは帰ってきたはずだ。お前は無謀すぎる」

お茶を淹れながら、今日の出来事——特に、タカオカミとの対応に延々と文句をつけられる。

今さら言われたってもう遅いのに。

「次から気をつけるわ」

「ハン、どうだか。……どうせまた、その場に行けば衝動的に危険に飛びこむんだろう」

大和は橘花が何を言っても聞く気はないようだった。

「そんなことしないわ」

「するに決まっている」

……これでは、どこまで行っても平行線である。

「あのねぇ！　会ったばかりで、私のことをそれほどよく知りもしないくせに、どうしてそう決めつけるのよ！」

ついに、橘花は怒鳴った。

大和は知らん顔。急須の最後の一滴まで茶碗に注ぎ、橘花に差し出す。

「もうっ！」

むかっ腹は立つものの、お茶に罪はない。素直に受け取った橘花は、落ち着くためにも一口お茶を飲んだ。

「あ、おいしい」

思わず声に出る。

大和は小さく口角を上げた。自分もお茶を飲み、息を吐く。

「……よく知っているさ」

聞こえてきた静かな声は……意味不明だ。

「え？　何を――」

「お前が預かった神力を渡してもらおう」

橘花の疑問の声は、大和の言葉に遮られる。

いきなり何よと思うものの、そう言われれば、そうだった。

橘花の体の中には、いまだに神力が渦巻いている。そのせいなのだろう、軽い火照りを感じていた。

橘花だって、神力を返せるものなら返したい。

「わかったわ。……でも、どうしたら神力を取り出せるの？」

その方法がわからない。

お茶を最後まで飲んだ大和は、ゆっくり立ち上がった。

そのまま橘花の隣に移動して、座る。

ずいぶん近いなと思ったが、タカオカミから神力を渡されたときも、このくらいの距離だった。

「こっちを向け」

命令口調は気になるが、神力を返すためなら仕方ない。

（いったいどうやって返すの？）

タカオカミからは、肩に手を置かれその手から直接注がれた。今度も同じ方法の可能性は高い。

そう思いながら体を大和のほうに向けると、予想通り両肩に手を置かれた。

体温が低いのだろうか、ひんやり冷たい大きな手だ。

火照った体に心地いい。

「目を閉じろ」

（なんで？）

疑問に思ったものの、素直に従う。橘花自身、他人とこれほど近づいたことがなく、ちょっと目のやり場に困ったのだ。

大和だって、あんまり至近距離からまじまじと見つめ合いたくないだろう。

「…………………無防備すぎる」

呆れたような声が聞こえた。

「え？」

驚いて目を開けると、視界いっぱいに判別不明な何かが映る。

同時に、唇が柔らかいもので塞がれた！

（――んっ⁉）

慌てて離れようとしているのに、肩に置かれていた手の片方がいつの間にか後頭部に回っていて、逃がしてくれない。

もうひとつの手は、橘花のあごを動かせないように掴んでいた。

（あ……）

先ほど橘花は「え？」と声を出し、その際に口を開いている。気がつけば口中に、ぬるりとした何かが入りこんでいた！

「……ひゃっ！」

経験なんてなくても……わかる。わかってしまう！

その何かが大和の舌で、つまり橘花は彼とディープキスをしているのだと。

無遠慮に口の中を這い回る舌に、橘花の舌が絡み取られた。

（や、あぁ……）

そこから、橘花の中の熱が——神力が吸い取られていく。

（まさか、これが神力を渡す方法なの？）

息も絶え絶えになりつつ、橘花はそれを思い知らされた。

むりやり神力を引き摺り出され、体がカクカクと震える。

それを宥めるように、大和の手が後頭部から背中を撫でていた。あごを掴んでいた手もいつの間にか離れていて、橘花の背中に回っている。

その手の動きにホッとしてしまうのが、なんだか悔しい。

両手でギュッと抱き締められながら、橘花は否応なくキスを受けていた。

これがファーストキスの彼女には、抗う術などなかったのだ。

……やがて、橘花がぐったりとした頃に、大和の唇が離れていった。

「大丈夫か？」

大丈夫のはずがない！

力の入らない橘花の体を、大和はよいしょと抱きかかえた。そのまま自分の体にもたれかからせる。

なすがままの橘花の頭は、彼の肩の上。

ゆっくり息を吸って吐いた。

「……………な、なんで……こんなこと」

ようやく声を絞り出す。

「人間同士で神力をやり取りするには、この方法が一番手っ取り早いからな。……仕方ないだろう」

大和の声が、触れている体からも響いてきて、いたたまれない。

「あ、あなたが直接、タカオカミから神力をもらえばよかったじゃない！」

「俺はアマテラスオオミカミとの契約で他の神の力を直接受けるわけにはいかないんだ」

ワンクッション置けば大丈夫だということだろうか？

それにしたって……それにしたって……あんまりだ！

「こんなこと、教えてもらってなかったわ！」

「言ったら、お前は嫌がるし、逃げるだろう」

「逃げるに決まっているじゃない！　私は、私は――ファーストキスだったのよ！」

「……………そうでなかったら、今までキスした奴を探し出して、全員殺していた」

「……え？」

ギャアギャア喚（わめ）いているうちに、何か物騒な幻聴が聞こえた。

（聞き間違いよね？）

そうに違いない。

「と、ともかく！　こんなことは二度とゴメンだから！　神力のやり取り方法の改善要求をするわ！　そうでなければ、この仕事は続けられないわ！」

橘花は大声で主張した。

大和の腕に力が籠もる。

「……そんなことを言える立場か？」

「立場がどうとか関係ないもの！　これは、セクハラでパワハラよ！　強制わいせつ罪だわ！　……もぐわよ？」

低く脅すと、大和の体がピクッと震えた。大きく、深く、長いため息を漏らす。

「……わかった。他の方法があるか探してみよう」

「絶対そうして！　約束よ！」

「わかった」

「絶対！　絶対によ！」

「わかったから、耳元で怒鳴るな。うるさい」

ポンポンと宥めるように、背中を叩かれる。

耳元で怒鳴る羽目になったのは、そもそも大和のせいだ。気にしてやる必要なんて、まったくない。

だけど、彼の手は思ったよりも優しくて……だから、橘花は声を抑えた。

「だ、だいたい、大和さんだって、私と……キ、キ、キス！　……なんて、嫌でしょう？　なんで平気でするのよ？」

「……仕事だからな」

「仕事なら、嫌いな相手とも……キ、キスするの？」

何故か、橘花は泣きそうになる。

大和が橘花を撫でる手は、動きを止めなかった。

「いいから、お前は少し横になれ」

そう言うと、ようやく橘花を離してくれる。

そっと座布団の上に横たわらせ、他の座布団をふたつに折って枕にして頭にあてがった。奥の押し入れを開けて、毛布を一枚取り出し掛けてくれる。

ふわりとした感触の毛布は、柔軟剤とお日さまの匂いがした。

「本格的に寝るなよ。まだ夕飯も食べなきゃならないし、風呂にだって入りたいだろうからな」

言われてみればその通りだ。特にお風呂には絶対入りたい。

橘花は毛布を顔まで引き上げて、コクコクと頷く。

「二十分……ううん、十分で復活するわ」

「三十分は寝ておけ」

大和は呆れたように言うと、部屋を出ていった。

引き戸がパタンと閉められた音がして、毛布から顔を出すと、茶道具が綺麗に消えている。大和が片づけたのは間違いない。

（案外、優しいのかも？）

そう思ってしまった橘花は、慌てて首を横に振った。

いや、横暴で俺さまな店主だし、何より橘花のファーストキスを奪った最低男なのだ。あり得ない！

「こっ、こんなことで誤魔化されないから！　……こんな仕事、絶対辞めてやるぅ～！」

大声で怒鳴る声に返事はない。

それに、どんなに叫んでもスサノオノミコトの借金は変わらなかった。

いや、今回橘花がタカオカミの借金を回収したことで少しは減ったかもしれないが……全体の額から見ればきっと雀の涙だろう。

柏槇神社存続のためには、どんなに不本意でも辞めるに辞められない事実はそのまだ。

（それもこれも、みんなスサノオさまのせいよ）

橘花は毛布の中に潜りこむ。

ぎゅっと丸まって、スサノオノミコトと大和に対する恨(うら)み辛(つら)みをブツブツと呟(つぶや)き続(つづ)けていた。

一方、台所の流し台の前に立つ大和は、蛇口から水を出しっぱなしにして思考に耽(ふけ)っていた。

(少し、やりすぎたか)

腕まくりをした両手は、片づけてきた茶碗ごと洗(あら)い桶(おけ)に突っこんだまま。

よろず屋の生活用水は定期的に検査をした井戸水で常に一定温度なのだが、それでも水は水。ずっと流水に浸(つ)かっている手は、既(すで)に感覚がないほど冷え切っている。

だが仕方ない。こんなことでもしないと暴走してしまいそうなのだ。

(ようやく会えたのに。ここで下手を打って逃げられたくない)

大和は水の中で拳(こぶし)を握った。

その思いからすれば、先ほどのキスも悪手だったのだが……

(いや、あれは無防備すぎるあいつが悪い。不可抗力だ)

そう結論づけた。

そうでなくとも、今すぐにでも橘花を監禁してすべてを自分のものにしてしまいたい思いを、彼は堪えている。キスのひとつで我慢できた自分を褒めてやるべきだろう。

(ここまで待ったんだ。あともう少しの我慢だ)

大和は己れに言い聞かせた。

――小さな町のよろず屋の店主である碓井大和には、前世の記憶があった。

より正確には前世ではなく、己れの真の正体とでも言うべきものか。

彼の真の名前は、ヤマトタケルノミコト。二千年ほど前に天皇の皇子として生まれ、いいように戦いに利用されたろくでもない人間だ。

他人よりほんの少し強かったため英雄と祭り上げられ、ついには神の末席を与えられた。そんな神座は彼にとって嬉しくも何ともないものだったが……ただ一点、神となってよかったと思えたのは、人智を超えた力を得たことだ。

彼には、なんとしても叶えたい願いがあったから。

『私にオトタチバナヒメを返してくれ!』

オトタチバナヒメとは、ヤマトタケルの妻。嵐の海を渡る際に、彼に代わって海神への生贄となった姫だ。

　ワタツミノカミに攫われ、イザナミノミコトに捕らわれた妻を返せと、ヤマトタケルノミコトは叫ぶ。

　しかし彼に迫られた二柱の神は、そのたったひとつの願いに揃って首を横に振った。

『それだけは、叶えられない』

『我が夫、イザナギノミコトも私を連れ戻せなかった。死で分かたれた魂は、元の体には返らないのだ』

　無情な言葉に、ヤマトタケルノミコトは絶望する。

　怒りくるい、ならば己れごと世界を滅ぼさんと決意した。

　暴挙に及ぼうとした彼を止めたのが、アマテラスオオミカミだ。

　至高の太陽神は、彼にひとつの道を照らし示した。

『怒りを鎮めなさい。さすれば私がオトタチバナヒメの御霊を冥府の底から救い上げ、人の子の転生の輪の中に蘇らせてあげましょう。全き同じ存在とすることはできませんが、同一の魂を持つ別の人間としてなら新たに命を授けられるのです』

　それは、絶望の中に射しこんだ一筋の光。

　ヤマトタケルノミコトが何より愛したのは、オトタチバナヒメの素直で明るく一途な魂だったから。彼女の魂が帰ってくるなら、それでいい。

『ただ、いくら私の力でも、彼女の魂が転生する時代や場所を選ぶことはできません。

必ずあなたと邂逅できる運命を授けることはできますが……。あなたは人の子の中に潜んで、長いときを待たなければなりません。その覚悟がありますか？』

『時代も場所も選べない――』

それは、途方もないことだった。いつ現れるともしれない砂漠の中の一粒の砂を、延々と待ち続けるも同じだったから。

それでも、それがオトタチバナヒメと巡り合う唯一の方法であるならば、ヤマトタケルノミコトに否はなかった。

しかし、彼の気がかりはそれだけではない。

『代わりに何を望む？』

神への願いには、対価が必要だ。

奉納舞いや奉納歌――アマテラスオオミカミを喜ばせ満足させる何かを、ヤマトタケルノミコトは捧げなければならない。

自分ができることならまだしも、その対価がオトタチバナヒメにかかるものならば、迂闊に返事をするわけにはいかなかった。

警戒心も露わに睨むヤマトタケルノミコトに対し、アマテラスオオミカミは意味ありげに微笑む。

『――そうですね。あなたには、私の手駒になってもらいましょう』

『手駒？』

それはどういう意味なのか？

それでもまずは、対価が己れひとりで済みそうなことに安堵する。

『ええ、そうです。高天原と違い下界には私の光が届かぬ場所があります。それゆえ、我が弟スサノオノミコトのように、好き勝手に暴れる者が出ます。あなたには、私の目となり耳となり、そういった不心得者どもの素行を探り、報告してほしいのです』

『……報告だけでいいのか？』

『とりあえずのところは。いずれ様子を見て、目に余るようになるならば対処します。それはそのときにまた考えましょう』

ただ見張るだけなら、それほど難しいことではない。

それに、どのみちヤマトタケルノミコトは、オトタチバナヒメの転生を待つため下界で暮らすつもりでいた。いつとも知れぬとも邂逅をただまんじりと待つよりも、アマテラスオオミカミの手駒となって過ごすほうが、気が紛れていいかもしれない。

そう思ったヤマトタケルノミコトは、『諾』と答えた。

ただの監視が、長いときを経て「よろず屋」の仕事までさせられるようになるとは、さすがにそのときは想像もできなかったが。

しかし、おかげで彼は待ちに待っていたオトタチバナヒメと出会えた。

そう。誰あろう橘花こそが、オトタチバナヒメの魂を持つ者だったのだ。

ただ残念なことに、出会った当初の大和はその事実に気がつけなかった。

（一目見てわかるものだと思っていたのに。……それもこれも、あのスサノオノミコトのせいだ！）

橘花はスサノオノミコトのお気に入りの巫女。彼女にはこれでもかというほどにスサノオノミコトの守護がついていたのだ。

アマテラスオオミカミから弟の愚痴を嫌になるほど聞かされていた大和は、スサノオノミコトを嫌っていた。

嫌いな神の匂いをプンプンさせた人間を好意的に見られるはずもなく、おかげで彼は、オトタチバナヒメの魂に気がつくのが遅れたのだ。

出会ったときの自分の塩対応を取り消せるものならば、どんな対価でも支払うだろう。

冷たい視線を向けて、罵り怒鳴り睨み合って——ようやく大和は、オトタチバナヒメに気がついた。

橘花の目の中に、焦がれてやまない光を見つけたのだ。

そのときの橘花と同じように、どんなときにも臆せずヤマトタケルノミコトを見返していたオトタチバナヒメの目の光を。

にわかには信じられず確認しようとしたのだが……橘花には前世の記憶が欠片もなかった。

……わかっている。

転生とはそういうものだ。

すべてを忘却した真っ新な体に、魂だけが宿るもの。

わかっているのに、大和は素直になれなかった。

その場で抱き締めすべてを告げて――

『探していた！』のだと――

『待ち焦がれていた！』のだと――

『お前以外、何もいらない！』のだと――

心のありったけを伝え、『だから一生一緒にいてほしい！』と請い願いたかったのに――

それが、できなかった。

いや、いきなりそんなことをしたならば、ドン退かれて逃げ出され、距離を置かれてしまったかもしれないが。

ともかく、素直になれなかった大和がしたことといえば、情けないことに仮雇用の提案だ。

本当は即就職、それも永久就職してほしいのに、ちっぽけなプライドが邪魔をして素直にお願いできない。

借金なんて大和の頭の中ではとうに帳消しになっていたが、それも告げられなかった。

(俺はこんなに愚かな男だったのか)

思いを素直に伝えられず、不器用に接しながらも見つめ続けるしかできない大和。

本当は、タカオカミのもとにも行かせたくなかった。

しかし、まさかそうも言い出せず、一緒についていくくらいしかできない。

ノヅチとのやり取りの中で、橘花が剣を取り出し自分の手を傷つけたときは、死ぬかと思った。あのときの自分の動揺を、彼女が知ることはきっとないだろう。

橘花の小さな手の傷が、大和の心を大きく傷つけ——同時に、その行いはたまらなくオトタチバナヒメを思い出させた。

彼女も己れの体を犠牲にすることをいとわない性格だったから。

よく言えば献身的。悪く言えば無謀だ。

嵐で全員が遭難する運命を、己れの命ひとつで救ってみせたオトタチバナヒメ。

橘花の中には、間違いなく彼女の魂(たましい)が宿っている。

だが、二度とそんなことはさせない!

　これからは、自分が大切に守って誰よりも幸せにするのだ！

　タカオカミから無事に借金を取り立てられたことで、橘花は晴れてよろず屋に正式採用された。

　つまり、大和とひとつ屋根の下で住むことになったということだ。

　焦らずじっくりと距離を詰めて、確実に囲いこもう。

　大和はようやく洗い桶から手を出した。

　握ったり開いたりを繰り返し、手に感覚を取り戻してから、茶碗を洗い始める。

（次の借金の取り立ては、ホンダワケノミコトのところにするか）

　ホンダワケノミコトは文武の神。ヤマトタケルノミコトにとっては孫に当たる。

　もっとも、当時の婚姻や親子関係は、権力闘争によって成された形式上のもの。ホンダワケノミコトとヤマトタケルノミコトにも実際の血縁関係はないのだが、まあ気にすまい。

（俺にとって本当の妻は、オトタチバナヒメだけだ）

　ホンダワケノミコトは、かつては武家の守護神とされていたが、現在は広く民衆に親しまれている人気の神だ。借金といっても大した額ではなく、すんなり返してくれるはず。

　ホンダワケノミコトを祭る神社のツツジは今が見頃。近くの蕎麦屋もなかなかの名店だ。

（それに、そうだ。奉納流鏑馬が行われるのじゃなかったか？）

日帰りできる距離だし、今回のキスで多少は警戒している橘花も嫌とは言わないだろう。

いずれは、一、二泊の温泉旅行もいいと思う。

全国津々浦々。橘花と巡る旅は、楽しいに違いない。

それは追々。

既に彼女は、大和の手の中だ。

（逃がさない。逃がせない。絶対に！　……今度こそ、どんな神にも彼女を渡すつもりはない！）

大和は己れに誓った。

第三章　ホンダワケノミコトと流鏑馬

流鏑馬とは、馬に乗って走らせながら矢を射る神事で、日本全国各地の神社で執り行われている。

春か秋に開催されることが多いが、中には真夏に行われる所もあり、人間もたいへんだが、きっと馬もたいへんだろう。

何故(なぜ)急にそんなことを語り出したのかと言えば、橘花が大和と一緒に借金の取り立てに来た神社で、ちょうどこれから流鏑馬をやると聞いたからだった。

「見たいのか？」

ワクワクしているのが伝わったのか、大和に聞かれてしまう。

「それは、もちろんよ！　……あ、でも、むりなら諦めるけど」

食いつき気味に返事をすると、大和の目元が柔らかく緩む。

「かまわない。今日の仕事はそれほど時間がかかるとは思わないからな」

いつもながらのイケボに、橘花の心臓はドキリと跳ねた。

（……優しい）

タカオカミの借金を見事（？）取り立てた橘花は、本人の意思はともかくよろず屋に正式採用となった。

その際、大和は初対面で橘花をすねかじりなどとバカにしたことを謝ってくれた。きちんと正座し頭を下げる姿は真摯で、よく似た別人か？　と疑うくらい。

同時に告げられた雇用条件は、文句のつけようのない破格なものだった。

賃金は月々に決められた借金の返済額を差し引いても大卒初任給を上回る額だったし、住みこみで支払う食費や光熱水費も良心的。個人商店で従業員が一名なので、国民保険の加入になるのだが、掛け金分は給料に上乗せしてくれるという。

「商売だから土日に休むのは難しいが、週休二日は保証する。超勤もきちんと出すし出張手当だってかかった経費の支給を約束するぞ」

それ以外の条件もすべて書面で提示されて、橘花は絶句した。

「いったいどこの大企業？　神さま相手の何でも屋って、そんなに儲かるの？」

大和は苦笑する。

「オーナーが日本の最高神だからな」

そりゃそうだ。

オーナーと言いつつ、アマテラスオオミカミが人間の利益など求めるはずがない。

つまりよろず屋の収益は、みんな大和のものなのだ。

表向きとはいえ商店街に店を構えるよろず屋には、普通のお客さんも来るし団体との取引もある。神さま相手以外の商売でもちゃんと利益は出ているそうで、冗談だろうが「お前を生涯養えるくらいの蓄えは余裕である」と言われてしまった。

「結構です！」

「残念だな」

心臓に悪い冗談はやめてほしい。

どこからどう見ても断る理由のない雇用条件に、橘花は頷く以外の道を閉ざされた。

それでも――

「で、でも！　あの神力の受け渡し方法は嫌だから！」

橘花はこう見えて、うら若き乙女なのだ。今後も、神さまから神力を受け取る度に大和にキスされるなんて、断固受け入れられない！

(しかも、ディ、ディープキスだし！)

頬を赤くして主張すると、大和は「わかっている」と答えた。

「それについては、他の方法がないか現在調査中だ。アマテラスオオミカミさまからオモイカネノカミさまに問い合わせている」

オモイカネノカミは、天岩戸に隠れたアマテラスオオミカミを誘い出すための策を練った知恵の神。森羅万象に通じる神ならば、他の方法を知っているかもしれない。

「本当に？」

「ああ。まだ答えはないが、きちんと探してもらっているから心配するな」

安心させるように大きく頷（うなず）かれ、橘花はホッとした。

キスの懸念さえなくなれば、橘花に断る理由はない。むしろスサノオノミコトの借金返済のためには、こちらから「雇ってください！」と頼む立場だ。

「これで懸念はないな？　幾久（いくひさ）しく、よろしく頼む」

アマテラスオオミカミの加護を受ける人間らしく、ちょっと古風な言い方と共に差し出された大和の手を、橘花は取る。

このとき、一番大きな問題だった『ディープキス』の問題に光明を見いだせたがゆえに、橘花は忘れていた。

大和がよろず屋でひとり暮らしをしているのだということを。

結婚していない男女が、ひとつ屋根の下でふたりっきりで暮らす――世間一般では、それを『同棲（どうせい）』と呼ぶのだということを。

橘花がそれに気づいて「うわぁぁぁ～」と布団の上を転げ回ることになるのは、この日の夜のことだった。

……まあ、ともあれ、以来大和は、よき雇用主であり、よき同居人となっている。

（そ、そうよ！　『同居』よ『同居』！　断じて『同棲』じゃないわ！）

誰にとも知れず、橘花は言い訳する。

話題を元に戻すが――大和は料理も掃除も率先して行う、デキる男だ。しかも、そういった男性に多い、他人が手を出すのを嫌がる様子もない。

彼自身、たいへん料理上手なのだが、橘花の作った料理も「おいしい」と言って残らず完食してくれるのだ。

自然、食事の後片づけもふたり一緒で、大和の洗った食器を橘花が拭いて食器棚に片づけるというルーチンまでできた。

（一緒に暮らすのに最高の人なんじゃないかしら？　こういう人をスパダリって言うのかも？　……ま、まあ、私には関係ないことだけど！）

橘花は頬を熱くする。

それだけではなく、床の間に活けてある花がいつの間にか橘花が好きだと言った花になっていたり、テーブルクロスが橘花の好みの柄になっていたりと、大和のちょっとした心配りは、気づく度に心を浮き立たせる。

ともかく、今の大和は、初対面のあの最悪な印象はどこに行ったのかと思うほどの変貌ぶりだった。

今日だって、ここに来るまでの道中で人混みからさりげなく庇ってくれたり、歩くペースを合わせてくれたり、車道側を歩いてくれたりと、いろいろ気づかってくれた。

「……流鏑馬は午後からだからな。さっさとホンダワケノミコトに会ってしまおう」

橘花の流鏑馬を見たいという希望を聞いた大和は、即座に予定を変更した。

そのまま手を差し出してくる。

その動作があまりに自然だったから、橘花も自然に手を出した。

キュッと絶妙な力加減で握られて、歩き出す。

大和と手を繋いでいるということは、不思議に橘花の意識に上らなかった。なんとなく、これが当然なのだと思えてしまうのだ。

(昔から、ずっとこうしていたような)

そう思うことへの疑問さえ、橘花は思いつかない。

ふたりは心静かに神社の参道を歩いた。


今日、彼女たちが借金の取り立てに来たのは、日本では非常にポピュラーな神であるホンダワケノミコトの神社だ。

別名「八幡さま」と呼ばれるホンダワケノミコトの社は、全国で一番多い。ホンダワケノミコトの名を知らなくとも、八幡さまの名を知らない者はいないだろう。

「ホンダワケノミコトさまは、なんで借金なんてしたの?」

これだけ有名で全国津々浦々に信徒のいる神さまなのだ。お金に困るなんてあるはずがない。

「スサノオノミコトと同じ酒代だ。あいつ――あの神は真面目だからな。何かのきっかけでスランプになって酒に逃げてしまったらしい。変にプライドもあるからそういう自分を配下に見せられなくて、こっそりうちから借金して酒を買った代金がたまっているんだ」

非常に意外な理由である。

しかし、同時に橘花はホッとした。

スサノオノミコトと同じ酒代ならば、借金の対価は神力ではなく現金。つまり、今回ディープキスは完全にないということなのだ！

オモイカネノカミから返事があったかわからなくて不安だったのだが……心配しなくて済んで、よかった。

晴れ晴れとして顔を上げると、鮮やかな赤や濃淡様々なピンク、そして汚れない純白が目に飛びこんでくる。

「うわっ！　綺麗！」

ホンダワケノミコトの神社は、ツツジの名所。美しい色取り取りのツツジが本殿入り口に続く階段脇や、背後の小高い丘の斜面に今を盛りと咲き誇っている。

「一見の価値があるだろう？」

「ええ」

ぼーっと見とれているうちに、また手を引かれた。

「行こう。こっちだ」

中でもヤマツツジは、樹高が五～六メートルほどもあり、頭上にかぶさるように花をつける。そんなツツジのトンネルの中へ、大和は橘花を導いた。

足下を気にすることも忘れて花を見上げていると、覚えのあるモワンとした空気がふたりを包む。

現れたのは、冠(かんむり)を戴き、白色の袍(ほう)に身を包んだ老人だ。

彼は大和のほうを向き、口を開く。

「いらっしゃいませ。おじい――」

「ホンダワケノミコトさま！」

その声を打ち消すように、大和が神の名を呼んだ。

老人――ホンダワケノミコトが小さな目をパチパチと瞬(またた)く。

大和を見て、橘花を見、もう一度大和に目を向けた。

「ああ」

ポンと手を打ち合わせる。

「……ひ、久しいな？　よろず屋の店主よ。今日は借金の取り立てかな？」

急にしゃちほこばった物言いが、なんとなくわざとらしい。

ジロリと大和がホンダワケノミコトを睨んだ。その後、おもむろに頭を下げる。

「はい、ホンダワケノミコトさま。今すぐ耳を揃えて返していただけますか？」

言い方は丁寧だが、内容は容赦ない。

「え？　……今すぐ？」

「はい」

淡々と答える大和に、ホンダワケノミコトは逃げ腰になった。

「へ、返済期限には、もう少し余裕があったような気が……」

「ホンダワケノミコトさま！」

大和は一歩前に出た。

「わ、わかった！　わかりました！　今すぐ、お返しします！」

ホンダワケノミコトは袍の袖で顔を隠すようにして一歩退く。

（なんだか情けなくない？）

橘花が不思議に思っていると、大和が「チッ」と舌打ちを漏らした。

ホンダワケノミコトが……「ひぇぇ～」と悲鳴をあげる。

やっぱりものすごく情けない。

ホンダワケノミコトと大和――神さまと人間の態度が反対だ。

でも、借金取りと借用人の関係性から言えば正しいのかもしれない。

橘花はわからなくなってくる。

タカオカミはこんな感じではなかったが……でも、タカオカミの借金はノヅチがしたものだ。自分のした借金ではなかったので、平気そうだったのか？

橘花が考えこんでいる間に、大和とホンダワケノミコトの話はついたようだ。あまり威厳のない老人の神さまが、いつの間にやら橘花の目の前に立っている。

「では、私の借金はあなたに返せばいいのですね？」

そう聞いてきた。

「え？　あ、はい！」

橘花は慌てて返事する。

どうやらまた今回も、借金を預かるのは橘花らしい。

（まあ、それが仕事だと言われればそうなんだけど）

どうして、大和に直接渡さないのだろう？　神力（しんりょく）でなく現金なら、そのまま渡してもかまわないはずなのに。

疑問に思ったのだが、その理由はすぐに知れた。

「では、手をこちらに」

「はい？」

わからないながらも相手は神さまだ。手を出せと言われては断ることなどできない。

橘花はホンダワケノミコトが差し出してきた手に自分の手を乗せた。

途端、白い光がホンダワケノミコトの体から溢れ出る。

そして、あれよあれよという間に光がホンダワケノミコトの手に集中して、そこから橘花の手の中に入ってきた。

（――温かい）

覚えのある感覚が体を満たしていく。

一瞬、うっとりして……ハッ！　とした。

「えっ！　……えぇっ！　これって？」

「神力を渡しました。ちょっと多めにしておきましたからね」

ホンダワケノミコトは自慢げにそう話す。

「ええぇぇっ⁉　なんで？」

橘花はビックリ仰天した。

どうして、現金じゃなく神力を渡されたのだろう？

「ホ、ホンダワケノミコトさま！　あなたの借金は酒代の現金ですよね？」

「あ、ああ。……恥ずかしながら」

「だったら、なんで神力なんて返してくるんですか？　現金は現金でしか返せないってことを知らないんですか？」

橘花は全力で怒鳴りつけた。

もう、相手が神さまだろうとなんだろうと、知ったこっちゃない！

（なんて間違いをしてくれるのよ！）

一瞬キョトンとしたホンダワケノミコトは、次には「ああ」と言って、笑み崩れる。しわくちゃの顔がますますしわくちゃになった。

「大丈夫。私は間違えていないよ。君も知っているだろうが、私の社は全国各地にあるんだ。だから、そのどこでも自分のお金がすぐに出せるようなネットワークを作ってあるのさ。人間で言うところの銀行かな？　その神力をよろず屋の近所の私の社に持っていけば、あっという間に現金に換えてくれるんだよ」

鼻高々で教えてくれる。

それは、たしかに便利な仕組みだ。世はまさにキャッシュレスの時代。現金を持ち歩かずに済ませようという感覚は、神さまとしては画期的かもしれない。

（でも！　私にしたらダメなのよ！）

怒りにプルプルと震える橘花の隣で、大和が困ったように額に手を当てた。

大きなため息を漏らす彼に、何故かホンダワケノミコトがビクッとする。

「な、何か不都合でも？」

「ホンダワケノミコトさま、彼女はこう見えて〝普通〟の人間なんですよ。自力で神力の出し入れはできないのです」

「………え？」

ホンダワケノミコトは呆気に取られたようだ。

「嘘でしょう？　これほどスサノオノミコトさまの守護を受けているのにそれに――」

何か言いたそうに、チラリと大和のほうを見る。

「彼女は普通の人間です。……今はね」

重ねて大和からそう言われて、ホンダワケノミコトは目を見開いた。

今も昔も、橘花に普通の人間でなかった記憶なんてない！

「どうしてくれるんですか！」

泣きそうになってホンダワケノミコトに迫る。

「え？　でも、そう言われても……あなただって、借金を返すのは自分でいいと言ったでしょう？」

「現金で渡されると思ったんです！」

思いっきり怒鳴り返すと、ホンダワケノミコトが目に見えて狼狽える。縋るような視線を大和に向けた。

それに対して大和は、冷たい視線を返す。

「俺も現金で渡すと思っていました」

老いた神は呆然となった。体が小さくなったようにさえ見える。

「もう！　もう！　もうっ！　なんでもいいから、早く神力を取り出してください！」

叫んだ橘花は、ホンダワケノミコトの手を取ろうとした。しかし、寸前で大和に止められる。

「よせ！　人間から神力を取り出す方法は〝あれ〟だけだぞ。まさか、ホンダワケノミコトと、したいのか？」

〝あれ〟とは、〝あれ〟だ。――〝ディープキス〟だ。

ホンダワケノミコトとディープキスをしたいのかと聞かれた橘花は、体を強ばらせる。

目の前のホンダワケノミコトの姿は、どう見てもおじいちゃん。

いくら偉い神さまでも、絶対嫌だ！

断固、受け入れられない！

とはいえ、それ以外の方法といえば、大和とのキスになるわけで。

「オ、オモイカネノカミさまからのお返事は――」

「まだない」

最後の望みの綱を切られて、橘花はその場にガクリと膝をついた。

合わせるように頭上からツツジの花がポトリと落ちてくる。

「すまない。俺がもう少し気をつけていれば。……でも、もう一度我慢してくれないか？　……橘花の体だって辛いだろう？」

大和が気遣わしげに聞いてきた。

たしかに、神力を入れられた体が発熱しているかのようにフワフワとしている。要は、微熱があるみたいな状態で、辛いと言えば辛いのだが……我慢できないほどでもない。

だからこそ橘花は、大和の提案に素直に頷けなかった。

「へ……平気よ」

「でも、顔が赤くなっている」

「平気だったら！」

叫んだ橘花は、衝動的に逃げる。

「橘花！」

「こ、来ないで、待っていて！　ちゃんと戻ってくるから！」

追いかけてこようとした大和を拒んだ。

そして、どこまでも続く赤いツツジのトンネルの中を駆け抜けた。

その後、どこをどう走ったのか。

気づけば、橘花は空き地のベンチに座っていた。

あちらこちらに、ピンクや黄色のツツジが彩り鮮やかに植わっているところを見ると、まだ神社の敷地内なのだろう。

そういえば、ツツジで有名な神社だ。

緑の木々に遮られてはいるが、人のざわめきと、時折ヒヒ〜ンという馬のいななきが聞こえてくる。

流鏑馬があると聞いたことも、思い出した。

(もう、今日は見物できないかもしれないけれど)

「あ〜あぁ」

橘花は長く深いため息をつく。

神力を入れられたせいか、それとも走ったせいなのか、体が熱っぽく意識はフワフワしていた。

どうして逃げてしまったのだろう?

逃げても何も変わらないのは、わかっているのに。

(でも、だって、キスだもの！　それも、ディープキスなのよ！)

もう、そのひと言に尽きた。

乙女心は複雑なのだ。また大和とディープキスをしなければならないとわかって動揺しないなんて、むりだ。

(最近の大和さんは、いい人なんだけど)

しばらく大和と一緒に暮らしたことで、橘花は、もう彼がそんなに悪い人ではないとわかっていた。仕事はきちんとしているし、思いやりもあって……イケメンだ。

彼なら、その容姿だけでもキスしたいという女性が列を成すことだろう。それを嫌がって逃げるだなんて、何さまだと言われるかもしれない。

それでも、嫌なものは嫌だ。

……いや、嫌というより……恥ずかしい！

だって、キスだ。キスなのだ。

それを仕事の一環としてするなんて、受け入れ難い！

キスとは、もっと神聖でロマンチックなもの。

少なくとも橘花は、そう思っていた。

愛し愛された人と想いを告げ合う行為であり、互いに求め合う感情のその先にキスはある。

橘花は、キスをするならば、そこに愛情がないのは嫌なのだ。

(今どき古風な考え方すぎるのかしら？　……私が夢見すぎなの？)

彼女はもう一度大きなため息をつく。

「はぁ～」

「はぁぁぁ～」

そのため息が二重唱になった。

「え？」

「え？」

驚く声も二重唱で、橘花はキョロキョロする。

結果、見つけたのは……なんと、ホンダワケノミコトだった。

いつの間にか、隣のベンチに日本屈指の神社数を誇る神さまがちんまりと座っている。

「……やあ、先ほどぶりだね」

橘花を見つけたホンダワケノミコトは、そんな声をかけてきた。

「へ？　え、ええ、先ほど？　ぶりです」

「体はどうかな？　辛(つら)くはないかい？」

「あ、はい。以前タカオカミさまから受け取ったときよりは、少し楽みたいです」

これは本当のことだ。タカオカミのときのボーッとした感覚に比べれば、今日はずっと意識がハッキリしている。

「そうか。……タカオカミさまは生粋の神族でいらっしゃるからね。比して私は、元は〝ただ人〟だ。神力の質にも自ずと違いがあるのだろうね」

ホンダワケノミコトは、元は応神天皇。

神にまでなった天皇を〝ただ人〟と言っていいのかという疑問はあるものの、そういうこともあるのかもしれない。

「……いったいどうしてこちらに？」

気になって聞いてみた橘花の質問に、ホンダワケノミコトは弱々しく笑った。

「ああ、いや。……君に迷惑をかけたことを反省していたんだ。君が駆け去ってしまってから、おじい――ヤマトさんが、ずいぶん不機嫌になってしまってね。……いたたまれず逃げ出したっていうのが、本当だけれどね」

ハハハ、と情けない表情で笑う。

「え？　大和さんから逃げ出した？」

なんでそんなことになっているのだろう？

いくら神々相手のよろず屋の店主とはいえ、大和は人間。対してホンダワケノミコトは、元は人間でも、今では多くの信徒を持つ神だ。

どう考えたって、ホンダワケノミコトが大和から逃げ出すなんてことはないはずなのに。

目を真ん丸にして驚く橘花を見たホンダワケノミコトは、ハッとした。

「ああ、また余計なことを言ってしまった」

ガックリと肩を落とす。

「……私は本当にダメ神だ」

しおしおとしたその体は、どんどん小さくなっていく。

(目の錯覚？　ううん、本当に小さくなっているような)

「ホンダワケノミコトさま！」

そのまま消えそうな神さまに、橘花は焦(あせ)って声をかけた。

「……あ、ああ。何かな？」

「何かな？　じゃないです！　どうしてそんなに元気がないんですか？」

「元気なんて、あるはずもないよ。……私は本当にダメダメな神なんだから」

ため息が地獄の底まで響きそうだ。

さすがにこれは見過ごせない。

そういえば、ホンダワケノミコトの借金の原因は、スランプに陥(おちい)ったための飲酒量の増大。配下に情けないところを見せられなくて、こっそりよろず屋に酒代を借りたのだと聞いている。

幸いなことに今は素面みたいだが、このまま酒に溺れていけば、アルコール依存症になってしまうかもしれない。

古来、酒に酔って暴れた神々の被害は甚大だ。

悲しいかな、荒くれ者で有名なスサノオノミコトの巫女である橘花には、それがよくわかる。

（あんな迷惑神、これ以上増やすわけにはいかないわ！）

使命感に燃えた橘花は、ホンダワケノミコトの隣に移動した。

ペタンと座って悩みを聞く態勢に入る。

「どうしてそんなふうに思っておられるのですか？　私でよければお聞かせください」

「君は優しいね。さすが、おじい——ヤマトさんが見初めた女性だけある。……こんな私の悩みでも聞いてくれるのかい？」

見初められてはいない！

しかし、ここでそこを否定すると、せっかく話そうとしてくれているホンダワケノミコトの気が変わるかもしれなかった。

そう思った橘花は、「見初める」はスルーして、話の先を促す。

そうして、語られた言葉をまとめると——

ホンダワケノミコトのストレスの原因は、昨今のミステリーブームのせいだった。

ここ数年のパワースポットや御朱印帳ブームのおかげで、神社の参拝客は増えている。その数に比例してお賽銭が増えるのはありがたいのだが、神社に足を運べば誰しもお参りするもので、願いごとの数が増えるのも、また必然。

その内容は、『家内安全』『みんなが幸せになれますように』なんていうポピュラーなものから始まって、果ては『何某ゲームの十連ガチャで、レアキャラが引けますように！』だとか『ネットで公開している小説が書籍化して、コミカライズ化して、アニメ化して、ついでに映画化までしますように！』などという私利私欲に塗れたものまで、千差万別。

しかも、ホンダワケノミコトは日本で一番神社数の多いポピュラーな神さま。八幡さまへのお願いは、数えることも不可能なほど膨大な数に上っているという。

もちろん、そのすべてを叶えることなどできないし、またその必要もないことだ。神が人間の願いを叶えるノルマなど、存在しないのだから。

それでもホンダワケノミコトは、自分が叶えることのできる願いの数が願いの総数に比してあまりにも小さくなっていることに、罪悪感を抱いていた。

「きっと、私が願いを叶える確率は、万分の一パーセントにも満たないよ。――もちろん、私だって頭ではわかっているんだ。仕方ないことだし、気にする必要のないことなのだと。私以外のどの神も、このことで私を責めたりしないし、むしろ同情して励ましてくれるだろう。……それでも、他の誰が気にならなくとも、私は気にしてしまうんだ。これほどたくさん人々が私に寄せてくれる希望のほとんどを、私は日々踏み潰しているも同然なのだという事実を」

ホンダワケノミコトが悲痛に顔を歪ませる。

橘花は困ってしまった。

これはかりは、ホンダワケノミコト自身の内面の問題だからだ。本人がちゃんとわかっている問題は、下手な慰めを言っても意味はない。

同じ現象にぶち当たったとしても、脳筋なスサノオノミコトあたりなら悩みもしないだろう。ホンダワケノミコトの悩みが彼自身の性格からきているものなのは、間違いない。

そして、性格なんてそうそう変えられないのだ。

つまり、橘花のできることは何もないのが現状だった。八方塞がりとは、まさにこのことだろう。

打つ手がないと判断した橘花は、早々にホンダワケノミコトを慰めるのを諦める。

下手の考え休むに似たり。

スサノオノミコトの巫女である彼女は、やはり行動派なのだ。

考えるより動けだと思う。

（脳筋ではないわよね？）

……あまり、自信はない。

「ホンダワケノミコトさまは、人間に姿を変えられますか？」

橘花は突然そんなことを尋ねた。

ズ～ンと、地面よりも深く落ちこんでいたホンダワケノミコトは、面食らう。

「……え？　人間に？　……ああ、いや、できないことはないけれど」

「だったらそうしてください！　そして、私と流鏑馬（やぶさめ）を見に行きましょう！」

「……流鏑馬を」

「ええ、そうです。落ちこんだときには、気分転換するのがいいんですよ。私もホンダワケノミコトさまも、これ以上ないほどに最低な気分なんですから、このままでいるより動いたほうが絶対いいに決まっています！」

笑いながら差し出した橘花の手に、ホンダワケノミコトが戸惑い顔を向ける。

「……君と一緒に流鏑馬を見に行く？　それは、おじいさまのご機嫌をものすごく損ねるのでは？」

「おじいさま？」

それは、誰の〝おじいさま〟のことだろう？

そしてどうしてここで、その誰だかわからない〝おじいさま〟とやらが関係してくるのか、わからない。

不思議そうに聞き返した橘花を見て、ホンダワケノミコトは慌てた。

「ああ！　いや。何でもない！　……そ、そうだな。君の考えも、満更間違いではないような気もしないでもないような気もするぞ。……少なくとも、ここでふたりっきりでこうしているより、いいかもしれない！」

「そうでしょう！　人間、迷ったときは、とりあえず動くのがいいんです！」

少なくとも、スサノオノミコトはそう言っていた。

脳筋ゆえの理論のような気もするが……まあ、この際気にしない！

「ハハハ、私は人間ではないけどね」

「神さまだって、そんなに変わりませんよ」

「そうか。……そうだな。たしかに変わらない」

橘花も、ホンダワケノミコトも、同じように悩んだり迷ったりしている。そこに、違いはない。

ドロンと音がして、ホンダワケノミコトの体が煙に巻かれ、次の瞬間、その場に好爺然とした人物が現れた。

「この容姿なら、おじいさまもお許しくださるだろう」

自分の体を満足そうに見回しながら、ホンダワケノミコトがそう呟く。

先ほどから彼がやたら気にする〝おじいさま〟は気にかかるが、今はそれより行動のときだ。

橘花はホンダワケノミコトに手を差し伸べた。

「じゃあ、行きましょう。おじいちゃん！」

「――ああ」

さながら、祖父と孫娘といった体(てい)で、ふたりはベンチから立ち上がった。

そこからものの数分歩いたところで、流鏑馬(やぶさめ)会場が見えてきた。

両脇を木々に囲まれた広い参道に、二町（約二百十八メートル）ほどの馬場が作られている。その片側には、三つの的が立てられていて、反対側に観客席が設置されていた。

続々と人々が集まるメイン会場から少し離れた広場には、出場する馬が集められている。その一角に、狩衣(かりぎぬ)に身を包んだ射手(いて)が、まだ神拝前なのかくつろいだ表情で集まっていた。

「うわぁ～、カッコイイ！　腰の行縢(むかばき)とか綾藺笠(あやいがさ)とか、素敵ですよね！」

橘花は思わず叫ぶ。

「フム。まあ、現代の衣装よりは風情(ふぜい)があるな」

ホンダワケノミコトも頷(うなず)いた。

しばしふたりで眺めていたのだが――

「はぁぁぁぁぁ～」

その場に、深ぁ～いため息が聞こえてくる。

「もう！　ホンダワケノミコトさま、また急に落ちこまないでくださいよ！」

橘花はそれをホンダワケノミコトだと思った。

「は？　い、いや！　今のは、私ではないぞ！　……君ではないのか？」

ホンダワケノミコトが大きく首を横に振る。

「ええ？　違いますよ！」

ふたりは顔を見合わせた。

そこに――

「はぁぁぁぁぁぁぁぁぁ～」

先ほどよりもっと深いため息が聞こえてきた。

慌ててキョロキョロ見回すと、数メートル先の大きな欅(けやき)の根元に、狩衣姿の男性がひとりしゃがみこんでいる。側には彼のものだろう綾藺笠が置かれていた。

「はぁぁぁぁぁぁぁぁぁぁ～」

また少し長くなったため息が男の口から漏れたのが、はっきりわかる。

様子を見るからに、彼がこれから流鏑馬に挑む射手なのは間違いない。

いったい何に悩んでいるのだろうか？

橘花とホンダワケノミコトは、もう一度顔を見合わせた。互いの顔には、その男性をほっとけないと書いてある。

　ふたり同時に男性に近づいていった。

「……どうしたんですか？」

　代表して橘花が声をかける。

　男性の顔が上を向いた。年の頃は四十代半ば。ガッシリとした四角い顔立ちの中で、小さな目が不審そうに見上げている。

「あ、……え？　あなたたちは？」

「通りすがりの者です。なんだかずいぶんお悩みだったみたいなので」

「そうそう。本当に通りすがりの〝ただの人間〟ですよ」

　ホンダワケノミコトの言葉は、かえって怪しさ満点だ。

　橘花は慌ててニッコリ笑った。

「えっと、……実は私たち、すぐそこの空き地で、お互いため息をついていたことで仲よくなった間柄なんです」

　男性は目を見開く。

「ため息を？」

「ええ、それはそれは、深～いため息を」

「そうそう、それで親近感が湧いて、こうして一緒に流鏑馬を見に来たんだ」

うんうんと、ホンダワケノミコトが頷く。

橘花も頷きながら話を続けた。

「そうしたら、私たちと同じくらい深～いため息をついてる人がいるじゃないですか」

「ああ、本当に、まったく同じため息だったな」

「とても他人事に思えなくって、それで声をおかけしたんです！」

橘花の説明を聞いた男性は、なるほどと頷いた。

「ハハ、たしかに私のため息は、自分でも呆れるくらいに深かったですからね」

笑ってはいるが、声は自嘲気味で視線も下を向く。

「いったい何に悩んでいるのですか？　同じため息をついた者同士、話してみませんか？」

橘花の言葉に、男性はパッと顔を上げた。

「まあ、私じゃ頼りにならないかもしれませんが、こっちのおじいさんはいろいろ人生経験豊富なんですよ！」

人生ではなく、神生と言うのかもしれないが。

ホンダワケノミコトは慌てたように両手を前に突き出し左右に振った。

「あ、いや。私は、そんな頼りになる者じゃないのだが――」

「……そうですね。人に話すだけでも多少気持ちが落ち着くと言いますし……情けない話なんですが、聞いていただけますか？」

ホンダワケノミコトの言葉を謙遜と受け取ったのだろう、男性はそう言うと、返事を待たずにポツリポツリと話し始めた。

「――実は、私は昨年のスポーツ流鏑馬の優勝者なんです」

本来、流鏑馬は神事であり、射手に優劣などつけない。しかし、それとは別に『スポーツ流鏑馬』と呼ばれる競技がある。点数の書かれた的を射ることで、その点数の高さと馬を駆けさせる速さを総合して順位がつくのだ。

どうやら男性は、スポーツ流鏑馬の選手のようだ。しかも、実力者らしい。

「ええ！　それって凄いことじゃないですか！」

橘花が尊敬の眼差しを向けると、男性は「まあ」と言って頭をかく。

しかし、嬉しそうだったのは一瞬で、すぐにどんよりと項垂れた。

「昨年の優勝者である私は、当然今年の活躍も期待されています。ほんの一週間前までは、そのプレッシャーが心地よく絶好調だったのですが……何故か突然、矢が的を外れるようになってしまったんです」

ボソボソと呟く。

「今まで通りに射ているはずなのに、狙い通りの場所に当たらない。フォームが崩れたのかとか、弓矢が歪んだのかとか、いろいろ原因を探っているのですが、どれもこれも違っていました。……このままじゃ、優勝どころか入賞すらできそうにありません。……いったい私はどうしたらいいんでしょう？」

男性は両手で頭を抱えた。背中ががっくり落ちこんで、深い苦悩を表している。

神社の神事で弓を射る人を見ることは多い橘花だが、自身では射た経験がないため、残念ながら助言を思いつかない。

申し訳なく思っていると、彼女の隣でホンダワケノミコトが口を開いた。

「むりに的を射ようとしないことですね」

「――え？」

疑問の声は、橘花と男性の双方から発せられる。

「的を？」

「射らない？」

「ええ、そうです。――そも流鏑馬とは、五穀豊穣、天下平定を願って己れが技を奉納するもの。神が受け取るのは、射られた的ではなく、馬を駆り、弓を射る者がそこまで至った努力と心意気、そして矢に籠められた願いです」

男性はハッとしたようだった。

ホンダワケノミコトが静かに頷(うなず)く。

「スポーツ競技とはいえ、流鏑馬(やぶさめ)は流鏑馬。本来の目的を見失っては、射られた矢が的を見失うも道理でしょう。あなたが目指すのは的を射ることではなく、流鏑馬という神事を通して、己れが願いを神に届けることではないのですか？　そして、その願いは、流鏑馬で優勝したいなどというちっぽけなものだけではないはずです」

ホンダワケノミコトの言葉は、厳(おごそ)かに響く。

さすが、スランプでも神さま。彼の声には重みがあり、橘花は深く感動した。

呆然としてホンダワケノミコトを見ていた男性は、突如パッと立ち上がる。両拳を握り締め、ブルブルと震えだした。

その様子を見た途端、ホンダワケノミコトは小さくなる。

「あ……いや、あなたの願いを『ちっぽけ』とか、言ってしまってすみませんでした。おまけに私はその〝願い〟を叶えてやれもしないくせに――」

先ほどまでの威厳はどこへやら、オドオドと謝り出す。

しかし、その声を打ち消す勢いで、男性が叫んだ。

「ありがとうございます！」

次いで、深々と頭を下げる。

「あなたの仰る通りです！　私が道を見失っていました！　いったいどうして自分が流鏑馬に魅せられ、流鏑馬を始めたのかを忘れていました。競技でいい点を取ることだけに拘って……決してそれだけじゃなかったはずなのに！　厳しく指摘していただいて、ようやく気づけました！」

彼の目は、キラキラと興奮に輝いていた。

「……あ、ハ、ハハ、そうですか？　お役に立てたなら、いいのですが」

「はい！　私は、この後の流鏑馬を初心にかえって、誠心誠意頑張りたいと思います！」

男性が決意を籠めて宣言する。

ちょうどそのタイミングで「お～い！」と呼ぶ声がした。

呼ばれているのは彼で、どうやらこれから競技前の神拝が行われるらしい。

男性は脇に置いていた綾藺笠を持つと、もう一度ホンダワケノミコトと橘花にお礼を言った。

深く一礼して立ち去る。

その後ろ姿は、凛としていた。真っすぐ駆ける足取りに迷いはない。

「さすが、ホンダワケノミコトさまです。適切な助言ができてよかったですね！」

橘花は心からそう言った。本当に凄いと思ったのだ。

しかし、ホンダワケノミコトは力なく首を横に振る。

「あんなもの、助言でもなんでもないんだよ」

「え？」

「的を射るなというのは、弓道の基本中の基本だ。そんな誰にでもできるような助言しか、今の私にはできないんだよ」

うつむく老人の体は、また小さく見える。

「そんなことないですよ！」

橘花は叫んだ。だって、本当にそう思うから。

しかし、ホンダワケノミコトはうつむいたまま。

橘花の言葉が耳に聞こえていても、心に届いていないのは間違いない。

その様子を見て取った橘花は、ホンダワケノミコトに近づいた。サッと老人のしなびた手を握る。

「橘花さん？」

「流鏑馬（やぶさめ）を見に行きましょう！」

「え？」

「元々その予定でしたでしょう？　行って、さっきの男の人を応援しなくちゃいけません！」

橘花に手を引かれ、ホンダワケノミコトが考えこむ。

やがて、小さく「そうだな」と呟いた。

「願いは叶えられなくとも、見るくらいはしなければ」

「もうっ！　そんな面倒な理由をつけなくてもいいんですよ！　行って流鏑馬を楽しみましょう！」

グイグイと、ホンダワケノミコトの手を引きながら橘花は駆け出す。

「わかった。行く、行くよ」

引き摺られるようにして、ホンダワケノミコトも走り出した。

そうして、大勢の観客の中に何とか席を見つけて、橘花はホンダワケノミコトと並んで流鏑馬を見学する。

はじめて見た流鏑馬は、凄いの一言に尽きた。

目の前を威風堂々とした騎馬武者が駆け抜け、腰の矢筒から抜いた矢を弓につがえたかと思えば、次の瞬間には、カッ！　と的を射貫いていく。

的中すると脇に控えている神主がおおぬさを大きく振り上げ、観客がワッ！　と歓声をあげた。

人馬一体の神事は、優雅にして勇壮。見る者を感動の渦に巻きこんでいく。

当然、橘花も目を輝かせて見つめた。

「――ほら！　あの人ですよ」

そんなふうに何騎もの射手たちが駆け抜けた後に、先ほど橘花とホンダワケノミコトが助言した男性が現れる。

彼はあのときと同一人物なのかと疑うほど凛として見えた。

橘花は祈るように両手を胸の前で組み、彼の流鏑馬を見守る。

馬にまたがり、しばし目を閉じた男性は、やがて脚で馬に合図を送り駆け出した。

人馬は、一陣の風となる。

彼の所作は、美しかった。流れるように馬を駆る姿も、まるで自分の手の延長のように弓矢を操る動作も、橘花から見れば感嘆のため息しか出ない素晴らしさ。

カッ！　カッ！　カッ！　と、三度続けて的を割る音が響いた。

固唾をのんで見守っていた橘花は、終わった瞬間、手が痛くなるほどに拍手する。

同時に惜しみない賛辞が、橘花だけでなく観客のすべてから発せられた。

彼はプレッシャーに打ち勝ちやりきったのだ。

橘花はそれを確信する。

……ただ、すべての競技が終わってみると、彼の成績は三位だった。

優勝したのは、彼より幾分若そうな青年で、破顔一笑、喜びを全身で表している。

二位には、ちょっと悔しそうな表情をした、優勝した青年と同年代の若者が入った。

一位から三位は、的を射貫いた点数は同じだったのだが、僅かなタイム差で勝敗が分かれてしまったのだという。

「あ〜、惜しかったですね」

橘花は我が事のように悔しがった。

ホンダワケノミコトは何も言わず、ただ、何かに驚いたように目を瞠っている。

「……ホンダワケノミコトさま？」

不審に思った橘花が声をかけたちょうどそのとき、表彰式を終えた選手たちが拝殿から戻ってきた。

勝者への祝福と出場者全員の健闘を称える声が湧き起こり、周囲が歓声に満ちる。

そんな中、橘花たちに相談した男性がふたりに気づき、こちらに向かって駆けてきた。

「ありがとうございました！」

開口一番、大声で告げて頭を下げる。

「え？」

「私が無事に流鏑馬をやり遂げられたのは、あなたたちのおかげです！　特に、ご老人、私はあなたのお言葉で自分を見つめ直せました。私はこれからもっと強くなれます！　今日の神事でそれを確信しました。……本当にありがとうございました！」

晴れ晴れとした表情で宣言する男性に迷いは一切見えない。

ああ、この人は間違いなく強くなるんだろうな。

そう思える。

彼はまだまだ感謝の言葉を告げたそうにしていたのだが、仲間たちに大声で呼ばれて後ろを振り向く。

「早く来いよ！　置いていくぞ～！」

「ああ、くそっ！　わかったよ！　すぐ行く。……すみません。もっとお話ししたかったのですが、時間がないようです。何度も繰り返しになりますが、今日は本当にありがとうございました。心から感謝します！　それでは」

もう一度深々と頭を下げて、男性は戻っていった。

何度も何度も振り返っては頭を下げて去っていく様子は、彼の言葉が社交辞令などではないことを表している。

橘花はニコニコと見送った。

「よかったですね。ホンダワケノミコトさま」

浮き浮きと話しかけたのに、ホンダワケノミコトは先ほどからずっと黙ったまま。

やがて、ポツリと呟(つぶや)いた。

「……どうして？　私は彼のためになるような助言はできなかったのに」

「そんなことありませんよ。あの人は、ホンダワケノミコトさまのおかげだと言っていたじゃないですか」

「それがわからない。……彼が流鏑馬をしている間も、心の中にあったのは勝利への執着ではなく、神事に参加できることへの感謝と純粋な喜びだけだった。……何故、彼はああも変われたのだ？　あんな誰にでもできるような助言だけで」

ホンダワケノミコトは本気で困惑しているようだ。

こんなに有名な神さまでもわからないことがあるのだなと、橘花は少しおかしくなる。後ろ手を組んで、老人の顔を覗きこんだ。

「そんなに難しく考えることはありませんよ。人が悩みを吹っ切ったり変わったりするきっかけなんて、案外小さなことだったりしますから。普段なら何とも思わないような本当に些細なことを、見たり聞いたり経験したりして、それでどう変われるのかは、その人次第なんです」

ホンダワケノミコトは、う〜んと唸る。どこか納得できないようだ。

毎日無数の願いをかけられ、それに応えられないという理由で落ちこんでいた神さまにしてみれば、神力も何も使わない小さな言葉ひとつで立ち直って心からの感謝の意を捧げられる人間が、不思議なのかもしれない。

橘花は考えこむホンダワケノミコトを誘導し、その場から離れた。

静かに語りかける。

「――私たち人間は、叶えたい願いがあるときに神さまに手を合わせます。もちろんそれは本当に叶えたいからそうするのですけれど……でも、今の時代、本気で神さまの助力をあてにしている人なんて、そんなにいないんですよ」

「……知っている。でも、願いは願いだ」

ホンダワケノミコトの声は小さい。彼は本当に真面目な神なのだ。

嬉しくなって、橘花は笑った。だからこそ、言葉を続ける。

「はい。心からの願いです。だからこそ神さまに祈ります。……だって、祈るということは、それだけで心を落ち着かせてくれますし、力を与えてくれますからね」

「祈るだけで力を？」

「はい。自分の中に〝やる気〟という力が起こるんです。……だからもう、それで十分神さまから力をもらっているんですよ。そこから先、本当に願いを叶えられるかどうかは、その人間の努力次第！　だから、ホンダワケノミコトさまが落ちこむ必要なんて、何ひとつありません！」

キッパリと言い切った。

ホンダワケノミコトからの応えはない。難しい顔で、ずっと考えている。

「行きましょう」

橘花は先に歩き出した。目指すは、大和と別れた場所だ。

(必ず戻るって言ったんだもの、きっと待っているはずだわ)

既に、大和と別れてからかなりの時間が経っている。

それでも、彼は待っていてくれるだろうと橘花は思えた。

ホンダワケノミコトは黙って彼女の後ろをついてくる。

何とか道を思い出して歩き、どうにかツツジのトンネルに辿り着いた。

美しい赤い花を咲かせる木陰に入った途端、ひんやりする。

それを気持ちよく感じた橘花は、自分に微熱があることを思い出した。

すっかり忘れていたが、走ったり歩いたり大声で応援したりしたことで、熱が更に上がっているかもしれない。

すると、ずっと黙っていたホンダワケノミコトがここに来てようやく口を開いた。

「……そうか。そうなのかもしれないな」

やっと納得できたらしい。

「はい。そうですとも。他ならぬ人間の私が言うんですから、間違いありません！」

フワフワする気分のまま、橘花は無責任に断言する。

ホンダワケノミコトは立ち止まった。年老いた顔に、嬉しそうな笑みを浮かべる。

「ありがとう。橘花さん」

手を差し出されたので、条件反射でその手を握り返した。

ごくごく自然な動作だったため、警戒しなかったのだ。

それが間違いだったと気づくのは、その直後。

「君のおかげで、長年のスランプから脱出できそうだ。〝これ〟は、借金とは別の君へのお礼だよ」

ホンダワケノミコトがそう言うのと同時に、彼の体は白い光に包まれた。

ブワッと老人の体から溢れ出た光が橘花と握り合っている手に集中。その手を伝って橘花の中に入りこんでくる！

覚えのある温かい感覚が体を満たしていった。

クラリとめまいがするのは、元々橘花の体に満ちていた神力がさらに増やされたせいだ。

「な、な、何をするんですか！」

「お礼だと言っただろう。今追加した私の借金以上の神力は、君に個人的に受け取ってほしい」

好好爺然とした笑顔に……殺意が湧く。

この神さまは、先ほど橘花が大和から逃げ出す羽目になった経緯を忘れたのだろうか？

「私が〝普通〟の人間で、自力で神力の出し入れができないって知っていますよね？」

「ああ、もちろん。しかし、どのみち君は今、体にある神力を取り出さなければならないんだろう？　では、量の多少はそれほど問題ではないのではないかな？　ちょっと時間がかかるかどうかくらいの違いでしかないだろう？」

正解である。……正解ではあるが、そのちょっとが橘花には大問題だった。

（ただでさえ、大和さんとディープキスをするのは恥ずかしいのに、その恥ずかしい時間が長くなるなんて！）

橘花はプルプルと体を震わせた。

怒りで震えているのだと思ったのだが……どんどんめまいがひどくなってくる。視界がグルグルと回り出し、足に力が入らなくなってきた。

神力を受け入れすぎたせいなのは間違いない。

（……倒れる！）

「橘花！」

そう思った瞬間、声が聞こえた。

焦(あせ)って上擦った声は、大和のもの。

揺れる視界の中に彼の姿が映ると同時に、橘花の体から力が抜ける。

自分でも驚くほどに安堵(あんど)したのだ。

（もう大丈夫だわ）

何が？　とか、何で？　なんてわからない。

ともかく、もう気を張らなくてもいいのだということだけは、わかった。

フラッと揺れた体がガッシリと抱きとめられる。

当然それは、大和の腕だ。

「橘花！　しっかりしろ！　……これは？　いったい何をした？　ホンダワケノミコト！」

大和に怒鳴りつけられたホンダワケノミコトが青くなる。

「な、何も！　ただ、ほ、ほんの少し神力を足しただけです！　……そ、そのほうが、おじいさまも喜ばれるかと思いまして」

大和は大きく舌打ちした。

「クソッ！　やりすぎだ！　〝今〟の彼女は普通の人間なのだと言っただろう！」

「す、すみません！」

そのやり取りを、橘花は朦朧とした意識で聞く。

いろいろツッコミ処満載な会話なのだが、熱で浮かされた頭では半分も理解できない。頭はボーッとするし、額にジットリと汗が浮かんでいるのがわかる。

橘花を見て焦ったのだろう、大和の腕に力が入った。

「ホンダワケノミコト、結界を張れ！　そして、即刻この場から立ち去って、俺が呼ぶまで近づいてくるな！」

「は、はい〜っ！」

モワンと、お馴染みの何かに包まれる感じが辺りに広がって、同時にホンダワケノミコトの気配がパッと消える。

「橘花、わかるか？　本当はお前の同意を得てからと思ったが、一刻を争う。後でいくらでも俺を詰ってくれていいから——」

耳元で大和の声が聞こえたと思った次の瞬間、唇がひんやりと柔らかなものに覆われる。

かと思えば、すぐに離れていった。

（……寂しい）

そう感じたのは、熱があるせいだろう。

「熱い……クソッ！　ホンダワケノミコトめ！」

大和が罵る声が聞こえて、もう一度唇に、何か——そう、きっと大和の唇が押し当てられた。

意識が朦朧としている橘花を、大和は力強く抱き締め、何度も何度も唇を合わせてくる。

徐々に深くなった口づけに、橘花は少しだけ口を開けた。

そうすれば、楽になれるとわかっていたから。
餌を求める雛のように開けた口に、すぐに大和の舌が忍びこんでくる。
熱があるせいか自分に比べ冷たく感じる大きな舌が、橘花の舌に絡みついた。
「……ふっ……ぅ……」
小さな吐息が、漏れる。
（……気持ちいい）
橘花の中の熱――神力を、大和が吸い取ってくれている。
急激に熱が下がっていき、橘花の体は小さく震え始めた。
腰と背中に回っている大きな手が、より力強く支えてくれる。
ファーストキスに比して、ずいぶんと長かっただろうセカンドキスのほとんどの間、
橘花の意識がハッキリとしていなかったことは、彼女にとって幸いだった。
そうでなければ、橘花は慙死したに違いない。
やがて熱が去り、意識が少しハッキリした頃に、大和の唇が離れていった。
「……大丈夫か？」
聞かれても――答えられない。
先ほどとは違う熱が、頬に集まってくるのがわかる。
あまりに恥ずかしすぎて、目が開けられなかった。

「……顔が赤い。神力はすべて吸い出したはずなのに、まだ残っているのか？」

困惑したような大和の声が聞こえて、もう一度唇が塞がれる！

「――うっ！　うわっ！　きゃっ、きゃぁぁっ！　違う！　違うから！」

焦って顔を離し、橘花は叫んだ。

目もパチリと開けて――超至近距離の大和の顔に、息をのむ！

（近い！　近すぎる！）

何度も橘花とキスをしたせいだろう、大和の唇は艶っぽく濡れていた。

その赤から目を離せない。

「大丈夫か？」

「だ、大丈夫……」

それが問題だ。どうして橘花は、こんなときに気絶もできないほど健康なのだろう。

「すまない。他に方法がなかったとはいえ、同意もなくお前とキスしてしまった」

大和は、申し訳なさそうに謝ってくる。

「い、い、いいのよ！　緊急事態だったし、大和さんのせいじゃないことはわかっているから！」

橘花は、ブンブンと首を横に振った。

「しかし――」

「神力（しんりょく）を取り出すためだったんだから、あれはキスじゃないもの！　ノーカウント！　ノーカウントよ！　……だから、平気だから！」

橘花は声を限りにそう叫んだ。足に力を入れしっかり立って、大和の腕の中から抜け出そうとする。

それを大和が押しとどめた。橘花の肩に手を乗せて、自分の胸に引き寄せる。

ポスンと、橘花の体が大和の腕に納まった。

「神力を取り出したばかりで、まだフラつくはずだ。もう少しこうやってもたれかかっていろ。最初のときだって、しばらく寝ていただろう？」

そう言われればそうだ。

しかし、あれはファーストキスのショックで、今日は二回目だから大丈夫のはず。

（……二回目って、セカンドキスよね）

いやいや、たった今ノーカウントと言ったばかりなのに！

橘花の思考は混乱する。

ワタワタとしていると、大和がクスッと笑う声がした。

「……何？」

「いや。百面相が面白いなと」

「誰のせいだと思っているの！」

「俺かな？」

会話をしているうちに、段々落ち着いてくる。

――いろいろあって、神力を取り出すためとはいえ、また大和とキスをしてしまった。

しかし、あれは人命救助の人工呼吸で、不可抗力のはず！

そう思って、心を落ち着ける。

（人工呼吸で、ディープキスはないけれど）

いやいや、考えまい！　何はともあれホンダワケノミコトからの借金取り立ては、成功したと言っていいはずだ。

風がそよそよと吹いて、ツツジの枝が揺れた。葉ずれの音が心地よく耳に響いてくる。

大和の腕の中は、不思議と落ち着く。

見上げたツツジの赤とその向こうの空の青が美しい。

うっとりしていると……お腹がぐぅ～っと鳴った。

「……くっっ！」

大和が笑いを堪える声がする。

「仕方ないじゃない！　お腹が減ったんだから！」

「ああ。そうだな。……近くにうまい蕎麦屋があるんだが、食べてから帰るか？」

「もちろん！」

橘花は目を輝かせた。

「蕎麦は十割？　それとも二八？　うちの母の実家は蕎麦で有名な地方だから、私これでも蕎麦にはうるさいのよ！」

「たしか布海苔蕎麦だったはずだ」

「布海苔！　最高ね！」

橘花がテンション高く叫び、耐えかねたようにもう一度大和が笑う。

「行こう」

手を引かれて歩き出す。

木漏れ日がチラチラとふたりの上で踊った。

チチチと小鳥の囀りが聞こえてくる。

いつの間にか、ホンダワケノミコトの結界は解かれていたようだ。

おいしいお蕎麦に思いを馳せていた橘花は、そんな周囲の様子に気がつけない。

繋がれた手がいつの間にか恋人繋ぎになっていることにも、さっぱり気がつかなかった。

第四章　女子高生とお祭り

さて、神さま相手の裏商売をしているよろず屋だが、当然のことながら人間のお客さん用のお店の顔も持っている。

借金の取り立てに出かけない橘花の一日は、店のシャッターを開け、商品を並べて、日よけ暖簾(のれん)をかけるところから始まった。

「おはよう、橘花ちゃん」

「今日も頑張っているわね」

「大和くんは仕入れかい？　キャベツが欲しいんだけど」

商店街の開店時間は、ほぼ同じ。あちらこちらのお店から、顔見知りになった人々が現れて、気安く声をかけてくれる。

「おはようございます！　じゃあ、大和さんが戻ったら、一番新鮮なキャベツを持っていきますね」

「ああ、よろしく頼むよ。……よろず屋さんも、大和くんひとりのときは休みがちで大変そうだったけど、橘花ちゃんみたいないい店員さんが入ってきてよかったよなぁ」

「そうそう。……たしか、大和くんの遠い親戚っていう〝設定〟なのよね？」

「急にご家族と一緒に暮らせなくなったんでしょう？」

「今のご時世、そういうお家も多いから。元気を出してね！」

同情たっぷりに声をかけられて、橘花は「あはは」と曖昧に笑う。

そういう家とは、どういう家なのか？

別に、大和や橘花が偽の情報を触れ回ったわけではないのだが、いつの間にか商店街には、そんな〝設定〟がまことしやかに流れていた。

取り立てて不都合もなかったので否定も肯定もしなかったのがいけなかったのか、今ではその噂を知らぬ人のほうが少ないほど。

自営業者で、お昼のワイドショーや韓国ドラマをよく好む商店街マダムたちの情報発信力を甘く見てはいけない。

ある日、突然よろず屋で住みこみ店員となった橘花。

彼女に、お客が減って暇になったマダムたちの興味が集まるのは当然で、格好の妄想のネタになってしまうのは、ある意味予想通り。

ただ、橘花も大和も、こんなに短期間にあっという間に話が広がるとは、思ってもみなかった。

なんでも、マダムたちの話によれば――

橘花は複雑な家庭環境を持つ良家のお嬢さま。

大和は彼女が密かに憧れていた幼なじみのお兄ちゃんで、使用人の息子だったのだそうだ。

身分違いのふたりの恋は家族に大反対され、泣く泣く引き離された。

忘れようとしても忘れられず切ない日々を送っていた橘花だったが、ある日、父が事業に失敗して家は没落。借金のかたにヤクザの妾にされるところを大和に救い出され、一緒に暮らすことになった。

——という〝設定〟らしい。

（なんていうか、ものすごくベタなラブストーリーよね？　今どき身分違いってあるの？）

もちろん、マダムたちだってそんなメロドラマみたいな話を本気で信じているわけではない。

しかし、お互い嘘だと承知の上なら、いろいろ噂して楽しんでもいいじゃない？　というノリのようだ。

意外だったのは、その話を知っても大和が怒らなかったこと。橘花と恋人同士など と噂されて嫌ではないかと思ったのだが、眉ひとつ顰めなかった。

彼曰く——ここの商店街は、揃ってかかあ天下。マダムたちのこういう娯楽は、悪意がない限り知らないふりをするのが、共通ルールになっているらしい。

触らぬ〝山の神〟に祟りなし。

この場合の〝山の神〟とは、奥さんのことだ。

それにしても、橘花が良家のお嬢さまとか、かなりむりやりな設定だ。ミスキャストもいいとこだし、見る目がないにも程がある。

噂話の内容に、橘花が心の中でダメ出しをしていると、話題がいつの間にか変わっていた。

「――橘花ちゃんが来てくれたおかげで、今年のお祭りの心配はなくなったわね」

そう言いながら嬉しそうに手をパチンと叩いたのは、よろず屋のお隣の甘味屋さんの奥さん。

商売柄なのか、いつも甘い匂いのする見かけ三十代の彼女は、その実、大卒社会人の長男と大学院生の次男、それに高校生の長女のいる二男一女のお母さんだ。

本当の年齢は聞かぬが花だろう。

「そう言えば、もうすぐお祭りなんですよね」

橘花の言葉に、甘味屋さんの奥さんは「そうよ」と頷く。

この商店街では、年に一回持ち回りで駅前神社のお祭りを開催するのだそうだ。

そして、今年はよろず屋と甘味屋がとりまとめ役なのだ。

「大和くんはいい子だけど、やっぱり男の子でしょう？　力仕事は頼りになっても、奉納舞の舞子衣装の準備や、ふるまい料理の調理をする女性陣のお世話係をさせるのは、ちょっと可哀相かなと思っていたのよ。……それに何と言っても、ここの商店街の女性陣は、みんな大和くんの大ファンだから。彼が一緒にいたら、全員仕事に手が付かなくなっちゃうわ」

大和は鄙（ひな）には稀（まれ）な超イケメン。

おかげで、商店街のマダムたちのアイドル的存在になっているらしい。

そんな大和がお世話係なんぞをした日には、マダムたちは大興奮！　張り切りすぎてどんな大惨事が起こるか保証できないと、甘味屋さんの奥さんは言う。

しかし、だからといって橘花が大和の代わりに女性陣のお世話係に入ったら、マダムたちから恨（うら）まれるのではないだろうか？

ゾクリと、橘花の背中に嫌な予感が走る。

「よろしくね！」

ニッコリ笑った奥さんは、いい笑顔でバンと橘花の背中を叩いた。

「イタタ……あ……はい」

頷く以外の返事などできるはずもない。

まあ、なるようになるかと開き直る橘花だった。

そんなこんなで、不安を抱えながら参加したお祭りの準備だったが、幸いなことに年配のマダムたちは橘花にたいへん親切だった。

「あら、若いのにきちんと針と糸が使えるのね。感心したわ。じゃあ、この着物に半衿をつけてくれる？　……そうそう、そういえば橘花ちゃんは、大和くんのどこが好きなのかしら？　やっぱり顔？」

「その段ボールは、ここよ！　……ねえねえ、最近の子ってデートはどこに行くの？私たちのときはドライブデートとか多かったんだけど。ああ、でも大和くんとなら、どこでもいいわよね！」

「前日の買い出しの注文リストをメモってちょうだい。……お酒に、精進寿司の材料のお酢と油揚げ、干し椎茸に……ああ、でも料理は旦那にも作らせなくっちゃダメよ。最初が肝心だからね。大和くんは、料理はしてくれるの？」

――たいへん親切で、しかも容赦なく扱き使ってくれるのだが、何を話していても会話の流れが大和とのことに行きつくのは何故だろう？

「……他にやることはありませんか？」

「ないから大丈夫よ。それよりここに座って私たちとお話ししましょう。……ねえねえ、大和くんとはどこまでいったの？　キスは、まあ当然よね？」

「えっ？　……あ、あの、そのっ！」

咄嗟に否定できなかった橘花は、あたふたと動揺する。

それを見たマダムたちがニンマリ笑った。

まるで、獲物を見つけた肉食獣みたいに思えるのは、気のせいか？

「よかった。大和くん、淡泊に見えたから心配だったのよ」

「あら嫌だ。ああいうクール系が実は肉食執着系でガッツリっていうのが、最近の流行じゃない？」

「そうそう！　ほら、あのドラマ、よかったわよね！」

マダムたちは橘花でもタイトルくらいは聞いたことのある韓流ドラマの話題で盛り上がる。

橘花はこっそり息をついた。このまま話題が逸れればいいなと思っていたのだが——

「……ああ！　でも、橘花ちゃん、避妊は絶対しなくちゃダメよ！」

油断していた橘花の足下に、爆弾が投下された。

「ひっ、ひっ、避妊〜んっ⁉」

ボンッ！　と火を噴く勢いで、顔を赤くする。

マダムたちは「あらあら」と笑いながら顔を見合わせた。目と目で会話して、橘花の包囲網を狭めてくるのは、やめてほしい！

（これなら、神さま相手のほうがまだましよ！）

そう思ってしまう橘花だった。


それでも、商店街のマダムたちは大人の女性。橘花で遊ぼうとしてくるところはやっかいだが、その根底に悪意はなく、困りはしても嫌な感じはしない。

マダムたちにある意味〝可愛がられている〟橘花は、商店街の他の人々にも概ね好意的に迎えられている。ここでの人間関係は良好と言ってもいいだろう。

もっとも、何事にも例外はあるもので。

「こんにちはぁ～！　大和さんいますかぁ～？」

よろず屋の店先に、可愛らしい声が響いた。

「は～い。……あ、陽葵ちゃん」

対応に出た橘花は、そこにツインテールの女子高生の姿を見つけて、内心、ゲッとなる。

女子高生――陽葵のほうも、露骨に顔を顰めた。

「私が呼んだのは、大和さんなんですけどぉ」

「大和さんは、今、出かけていますす」

「えぇ～、じゃあいいです。また来ます」

クルリと陽葵は背を向けた。その手に持っているのは商店街の回覧板だ。

「えっと、その回覧板を持ってきてくれたんじゃないのかな？」

橘花は陽葵を引き止めた。

回覧板とは、町内の連絡事項等の文書を板に挟んで、家々を順に回すもの。陽葵は甘味屋の末っ子なので、自分の家で確認し終わった回覧板を次の回覧先であるよろず屋に持ってきたようだ。

「そうよ。でも、陽葵は大和さんに直接渡したいんだもん！」

「もん」と言って口を尖らせる女子高生の姿は、ある意味可愛らしい。……ただし、その可愛さを愛でられるのは、彼女の行為による被害が橘花に降りかからない場合に限る。

「先日もそう言って回覧板を持って帰ったあげく、私が受け取ってくれなかったって、お母さんに言ったそうですね」

回覧板は家から家へ回すもの。内容は誰に見られたってかまわない公の通知ばかりだ。渡すのは家族内の誰だってかまわないし、よしんば家人全員が留守だとしても、黙って玄関先に置いてくるのが常だった。

それを、陽葵は持って帰ったあげく、「どうして置いてこなかったの？」と問い詰めた母親に、橘花を悪者にして「受け取ってもらえなかった」と言い訳したのだ。

翌日、甘味屋の奥さんから「橘花ちゃんは知らないかもしれないけれど——」と前置きされた上で、回覧板のなんたるかを説明された橘花の心情を想像してほしい。

よほど「そんなことしていません！」と反論しようとしたのだが、大人げないかと思い踏みとどまった。

また同じことをされたら、今度こそキレる自信がある。

「ええ〜？　そんなことあったかなぁ？　陽葵、忘れちゃった」

白々しくそう言いながら、陽葵はよろず屋から出ていこうとする。

当然、回覧板は持ったまま。

「ちょっと！　回覧板を置いてから帰りなさいよ！」

「嫌よ！　大和さんに直接、陽葵が渡したいんだもん！」

「なにが『もん！』よ。それなら私を言い訳にしないって約束しなさい！」

「ええ〜？　横暴（おうぼう）なんですけどぉ〜」

「横暴なわけないでしょう！」

最近の若い子と話が通じないと感じるのは、年取った証拠というのが一般論だ。

しかし、絶対そうじゃないと橘花は思った。

（こんな我儘（わがまま）な子、私がどんなに若くたって、到底わかり合えないわ！）

イライラと睨みつけても、陽葵は反省するどころか不機嫌そうに睨み返してくる始末。どうしてくれようかと思っているところに、大和が帰ってきた。

「ただいま――あ、陽葵ちゃん来ていたのかい？」

「きゃあ～！　大和さん、お帰りなさい！　……あの、あの、これっ！　陽葵が持ってきたんです！」

大和を見た途端、コロッと陽葵は態度を変える。可愛らしく笑いながら大和に回覧板を差し出した。

「あ、ああ。ありがとう。ご苦労さま」

「ううん、こんなの全然平気です！」

お隣に回覧板を持ってきただけなのだ。平気じゃないほうがおかしい。

「そう。えらいね」

なのに、大和はそう言って、ふわりと笑みを見せた。

それを見た陽葵が顔をポッと赤くする。

初々しくも可憐な姿に――橘花の胸はモヤッとした。

（猫かぶりもいいとこだわ！　それに、何よ。大和さんったら、可愛い女の子に笑いかけられてデレッとして！）

ムスッと顔を顰めていると、大和が振り返った。

「ただいま」

それはさっき聞いたが……そういえば、橘花は返事をしていない。

「……お帰りなさい」

モヤッとはしたが、それと挨拶（あいさつ）は別なので、橘花はきちんと返事する。

「ああ。夕飯の準備はまだだろう？　出張先でおいしそうなピザを売っていたから買ってきた。今夜はこれを食べよう」

大和はそう言いながら、大きめの袋を橘花に差し出した。

トマトソースと焼いたチーズのなんとも言えず食欲をそそる匂いが、鼻腔をくすぐる。覗（のぞ）きこんだ袋の中には、有名なピザ店のロゴの入った平べったい六角形の箱がふたつ入っていた。

橘花の大好物のピザである。

我ながら単純だが、橘花はあっという間に機嫌を直した。ニコニコと大和を見上げる。

大和も笑いながら橘花を見つめてきた。

そこに、すっかり忘れていた声が聞こえる。

「うわぁ～！　ピザですかぁ？　陽葵も食べたいなぁ～」

図々しくお願いしてきた女子高生は、あざと可愛い角度で首を傾（かし）げていた。しかし、その表情は悔しそうで、目にはハッキリとした敵意を浮かべている。

もちろん、その目が睨んでいるのは橘花ただひとり。

今上がったばかりの橘花の機嫌は、急降下した。

何故なら、きっと大和は陽葵の願いを断らないと思うから。

神々相手にも高飛車で俺さまなイメージのある大和だが、こう見えて彼は近所づきあいを大切にする常識人なのだ。彼は自分の力だけで商売が成り立つわけではないことを、きちんと知っている。

(それに、本質は優しい人だもの。女の子の頼みを断るなんてしないわよね)

陽葵も橘花にはあんな態度だが、大和には好意全開でいい子を演じている。

大和が陽葵のお願いを断る理由は、どこにも見えなかった。

しかし——

「ああ、ゴメンね。陽葵ちゃん。今日はピザを二人前しか買ってこなかったんだ。今度行ったときは、君のご家族全員の分を買って差し入れするから、勘弁して」

大和はそう言ってキッパリ断った。

「……二人前？」

呆然として陽葵が呟く。

何故ならピザの箱は大箱で、外から見ても二人前以上あるのは確実だから。

陽葵の分がないというのは、誰が考えてもおかしかった。

しかも、次に買ってくると約束したのは陽葵の家族全員分。それを家に届けると告げたのだ。

つまり大和は、陽葵だけを家に招くつもりがないと言ったも同然だった。

段々意味がわかってきたのか、陽葵の顔色が悪くなっていく。

「回覧板もありがとう。でも、これからはわざわざ俺に手渡しじゃなくて店の郵便受けにでも突っこんでもらってかまわないから。陽葵ちゃんも高校の勉強が大変だろう？　直に受験生になるんだし、頑張ってね」

口調は優しかったが、大和の目は冷たかった。その態度には取りつく島もない。

「……な、な、なんで？　……大和さん」

「なんでって？　俺はおかしなことを言ったかな？　全部常識的なことばかりだったはずだけど」

言外に、常識的じゃないのは陽葵だと言っている。

陽葵は泣きそうになっていた。潤んだ大きな目が、大和に縋りつく。

大和は愛想よく笑った。

しかし、目は笑っていない。

陽葵はビクッと震えた。

「……陽葵ちゃん。たしか、君の好きなタイプは、好きな相手に一途で、誰よりも大切にしてくれる人だったよね？　君とは全然関係ないけれど、俺も結構一途な男なんだ。……ようやく見つけた大切な存在の周りを飛び回る羽虫一匹さえ気になって、排除したいと思うくらいにはね」

そう言うと大和は、これ見よがしに橘花の腰に手を回し、自分に引き寄せた。

「きゃっ！」

体のバランスを崩した橘花は、大和の胸に顔を埋める羽目になる。

「………ひっ！」

陽葵が息をのむ声が聞こえた。

どうしたのかと、慌てて顔を上げて視線を向け見えたのは、駆け去っていく陽葵の後ろ姿。

「ようやく行ったか」

不機嫌そうに大和が呟(つぶや)いた。

「……えっと。あんなふうに帰してしまってよかったの？」

陽葵はお隣の甘味屋さんの末っ子だ。今までのことを考えると、あることないこと親に言いつけるだろうことは目に見えている。

甘味屋とはお祭りの役員も一緒にしなければならないのに、関係が悪くなったらどうしよう？

「俺が来る前に、派手に怒鳴り合いをしていたお前が言うか？」

「うっ、それは、その…………聞いていたの？」

「聞こえたんだ。大きな声だったからな。……安心しろ。甘味屋の奥さんも、隣の店から顔を出して様子を窺って（うかがって）いたよ。俺が帰ってきたのを見て、両手を合わせて謝る仕草をしてきたから、何もかも承知しているはずだ。俺がいなかったら、きっと奥さん自ら乗りこんできて娘を叱って（しかって）いたんじゃないのか？」

それはよかったような、恥ずかしいような。

この年で、女子高生と真剣にケンカしていたとか……情けない。

「大丈夫。あの奥さんは娘の身贔屓（みびいき）なんてしない人だから。……彼女の前の夫が、子離れできない親に育てられたマザコンで、苦労したってくどいているのを聞いたことがある。だからだろうな、上のふたりの息子にも愛情はかけていたが、甘やかしすぎはしなかったぞ」

なんと甘味屋の奥さんはバツイチ。マザコン男に愛想を尽かし、子どもふたりを連れて離婚。その後、甘味屋の旦那さんと出会って再婚し、娘を産んだのだという。

我が子可愛さのあまり嫁いびりがひどかった前夫の母を反面教師にした奥さんは、子どもの言い分を鵜呑み（うのみ）にするようなことはないそうだ。以前、橘花に回覧板のことを言いに来たときも、注意というより娘の言葉を確認したかっただけだろうと、大和は教えてくれた。

「あのときは、お前が陽葵を非難しなかったから、娘が嘘をついているかどうかの判断がつかなかったようだ。……しかし、今日の事件で、今までのことも、ハッキリ白黒ついたはず。ちゃんと娘を叱ってくれるから安心しろ。問題は、娘に甘い旦那のほうだが……まあ、奥さんがしっかり尻に敷いているからな。たぶん大丈夫だろう」

お隣の家庭環境が垣間見(かいまみ)える説明だ。

母親が厳しくしても父親が甘やかしているため、陽葵はああなのだという。

「お前も、近所づき合いや外聞なんかを気にしないで、言いたいことがあれば言ってやれ。それでこじれるような人間関係なんて、俺のほうからお断りだ」

大和はそんなことまで言ってくれた。

ずいぶん信頼されているようで、心がくすぐったくなってくる。

(だって、それって、私が間違ったことを言わないって信じているってことでしょう?)

「……ありがとう」

お礼の言葉が、自然に口をついた。

「礼を言われるようなことはやっていない」

当たり前のことをしたのだと大和は言う。

それでも嬉しかったのは本当だ。

橘花はまだ大和の腕の中。

陽葵も帰ったし、ピザも食べなきゃならないから、離れなければならないのだが、なんとなく動きたくない。

(私、どうしちゃったんだろう?)

ジッとしていると、大和の手に力が入った。

もっと引き寄せられたように感じたのは、気のせいか?

そのとき——足下から声がした。

「ニャー」

『おやおや、しばらく見ないうちに、ずいぶん仲よくなったのだな』

ふらりと現れた猫神のミケにからかわれなければ、もっと長くそのままでいたに違いない。

「きゃっ! えっと、これは、その——」

「……馬に蹴られて死んでしまえ」

慌てて大和の体に手をついて距離をとろうとする橘花と、それでも彼女の腰から手を離さずに不機嫌そうに悪態をつく大和。

「ニャウン」

『フン、儂(わし)を蹴飛ばすなど、首切れ馬でもむりなのじゃぞ』

首切れ馬とは、日本各地に言い伝えのある、文字通り首のない馬の妖怪である。

「俺が乗れば、容易い」

いやいや、首切れ馬なんかに乗ろうとしないでほしい！

橘花が止めようとして見上げると、大和はフッと笑ってくれた。

「腹が減ったな。夕飯のピザを食べよう」

「ニャッ！」

『それはいいな。儂も馳走になるとしよう』

「誰がお前に食べさせるものか」

「ニャニャニャ～」

『動物虐待反対！　ケチな男はモテぬのだぞ』

言い争う大和とミケを宥めながら、ようやく大和の手から逃れた橘花は、店の奥に移動する。

この日食べたピザは、今まで食べてきた中で最高においしいピザだった。

「熱っ！　でも、おいひぃ～」

「ハハ、焦って食べすぎだ。ほら、火傷してないか見てやるから、口を開けてみろ」

素直に口を開ける橘花と、それを嬉しそうに笑う大和。

その傍で猫神が目を細めている。

「……ニャー」

『……フン、甘すぎじゃ。糖分は控えめにしろ』

塩気しかないピザの味を、ミケがそう評した理由は、ついぞわからなかった。

◇

陽葵は根はそれほど悪い子ではなかった。

ただただ、甘えん坊。

父親の違うふたりの兄は、年の離れた妹を猫可愛がりし、妻にベタ惚れの父親は、妻そっくりな我が子を目の中に入れても痛くないほど溺愛している。

唯一母だけは、ダメなものはダメと諭せる厳しさを持っていたが、その母が叱った後で、こっそり父や兄が陽葵の我儘を叶えてやっていては、焼け石に水というもの。

なまじ容姿が可愛らしかったのもわざわいして、周囲に愛されまくった子どもは、誰もが自分をチヤホヤしてくれるのが当たり前の堪え性のない女子高生になっていた。

そんな陽葵にとって、先ほどのよろず屋での一件は青天の霹靂。大和に冷たくあしらわれたことだけでも大ショックだったのに、その後家に逃げ帰り、母に橘花をやりこめてもらおうと嘘の告げ口をした途端、烈火のごとく怒られたのだ。

「それもこれも、みんなあの女のせいよ！　絶対許さない！」

反省なんてどこへやら、拗ねて部屋に閉じ籠もった陽葵は、枕を壁に叩きつける。

「大和さんだって、前はものすごく優しかったのに。可愛いって言ってくれたことだってあるわ。……少なくとも、陽葵をあんなに冷たい目で睨んだことなんて、絶対なかった」

冷たい目で見ないことが、イコール優しいとは限らない。単にこれまでの大和は、陽葵に欠片の興味もなく適当にあしらっていただけなのだが、自己中な彼女は気づけない。

「このまま引っこんでなんていられないわ。カッコイイ大和さんは私のものだもん！　なんとしても取り返すのよ！　見てなさい。陽葵を怒らせたこと、死ぬほど後悔させてあげるから！」

陽葵はフッフッと闘志を滾らせる。

彼女の頭の中には、大和の忠告など欠片も残っていなかった。

「ニャー」

そんな陽葵の部屋の真上、甘味屋の屋根から猫の声が聞こえる。

『やれやれ、怖いもの知らずの子どもほど哀れな者はいないな。くわばらくわばら』

哀れみを籠めたその鳴き声が、陽葵の耳に届くことはなかった。

◇

バタバタとお祭りの準備をしているうちに日が過ぎて、いよいよ明日が本番という日の夜。

商店街のマダムたちは険しい顔で額をつき合わせていた。

「どうするの？　これじゃ、食材の量が全然足りないわよ」

「お祭り料理には、前日に仕こみをしなきゃならないものが多いのに」

「今から発注しても間に合わないわよね」

「いったいどうしてこんなことになったの？」

ため息をつきながら視線が向かうのは、橘花だ。

「でも私は、言われた分をきちんと用意しました！」

食材の調達は、よろず屋の担当。以前、その種類と分量をメモした橘花は、何度も確認してすべてを準備したのだ。抜かりなんてあるはずがない。

「ええ、当初の予定では今ここにあるだけで十分だったわ。……でも、その後、商店街の招待客を増やすから買い足してって連絡したでしょう？」

「ええっ！　私、聞いていません！」

寝耳に水の初耳だ。

マダムたちも困惑顔。

「おかしいわね。たしかに伝言を甘味屋さんに頼んだのだけど」

「ええ。奥さんがいなかったから、陽葵ちゃんにお願いしたのよね」

「その後で確認したら、間違いなく橘花ちゃんに伝えましたって、陽葵ちゃんは言っていたわ」

「……陽葵ちゃんですか」

橘花は、ピン！　ときた。これは間違いなく、陽葵が橘花を困らせてやろうとしてしでかしたことだ。

「私は聞いていませんから！」

橘花はキッパリ二度言った。途端、「わっ！」と泣き出す声がする。

「ひどい！　陽葵はちゃんと連絡したのに！」

ここは、甘味屋の調理場。明日のお祭り料理の下準備をするために、みんなで集まっている。

当然、そこには陽葵もいた。

しかも最悪なことに、今日は甘味屋の奥さんは不在なのだ。なんでも陽葵の学校の用事で呼び出されたということだったが……こうなってくると、それが本当かどうかも怪しい。

代わりにいるのは、娘可愛さに目が曇りまくっている陽葵の父親だった。

作務衣に白エプロン、和帽子をかぶった甘味屋の主人は、剣呑な目つきで橘花を睨んでいる。

「君は、うちの陽葵が嘘をついているとでも言うのかい？」

まったくもってその通りである。

誰が見ても一目瞭然だろうに、陽葵の父はそう思わないようだ。

そして、その誰が見ても一目瞭然というあたりも、怪しくなってきた。

「……あのね、橘花ちゃん。招待客が増えるということは、回覧板でも周知したのよ」

「え？」

そんな回覧板、見た覚えがない。

プルプルと首を横に振り「見ていません」と橘花は主張した。

マダムたちはやはり、みんな困惑顔。

「他の書類と一緒に回したから、橘花ちゃんが見落としたんじゃない？」

「いいえ、そんなことありません！　回覧板には必ず全部目を通していますから」

「うちに来たときはあったぞ」

冷たい声でそう言うのは陽葵の父親だ。

「……私のところに来たときもあったわね」

言い辛そうに口を開いたのは、よろず屋の次に回覧板が回るクリーニング店の奥さん。

つまり、よろず屋の前後の店は「あった」と言っているのだ。

「そんな！　そんなはずありません！　だって、私は見ていないもの！」

橘花は大声で叫んだ。マダムたちが困ったように黙りこむ。

(誰も信じてくれないの？　私が新参者だから)

陽葵はマダムたちにとってそれこそ赤ちゃんのときから知っている近所の子どもだ。多少我儘なところはあるが、そこも可愛いと思えるほど身内感覚である。

対して橘花は、ここ最近商店街に住み始めたばかりの赤の他人。大和と一緒に暮らしているとはいえ、陽葵と橘花、どちらの言い分を信じるかなんて、聞くまでもない。

しかも、回覧板という証拠まで揃っていては、到底勝ち目がなかった。

(どうしよう？　どうしたら信じてもらえるの？)

橘花は絶望的な気分で周囲を見回す。勝ち誇った陽葵の顔から目を逸らし、かといって他の誰とも目が合わない状況に絶望した。

もうダメかと思ったそのとき――荒々しく玄関の戸が開く。

「橘花は嘘をついていない！」

息を弾ませながら、入ってきたのは大和だった。

「大和さん！」

途端、橘花の体からドッと力が抜ける。安堵のあまり倒れそうだ。

大和が慌てて駆け寄って、寸前で力強く支えてくれた。

もう大丈夫。

心からそう信じられる。

「橘花はそんな幼稚な嫌がらせみたいな真似をする人間じゃありません」

キッパリと言い切る大和の言葉が、とても嬉しい。

彼は信じてくれるのだ。

ジーンと感動しているところに、甘味屋の主人が呆れたようにため息をつく。

「大和くん、君が彼女を信じたい気持ちはわかるが、よく状況を見てみなさい。もっと客観的な判断をしなければいけないよ」

どの口がそんなことを言うのだろう。

そのとき、大和がクスッと笑った。

「その言葉、そっくりそのままお返ししますよ。……おい、さっさと入ってこい」

玄関に向かって大和が呼びかけると、そこからひとりの少年が入ってくる。学生服を着ているから中学生か、高校生か。

「樹？」

少年を見て声をあげたのは、クリーニング店の奥さんだ。少年は彼女の息子らしい。

「ゴメン！　母ちゃん！」

樹と呼ばれた少年がガバッと頭を下げた。そのまま震える声で話しだす。

「お、俺……俺が、陽葵ちゃんから頼まれて、よろず屋さんから受け取った回覧板に『お祭り変更のお知らせ』っていう紙を挟んだんだ！　……そうすれば、陽葵ちゃんが次のサッカーの試合の応援に来てくれるって、そう言うから――」

「樹ちゃん！」

彼の言葉を遮るように陽葵が叫んだ。

彼女の父は、呆然として娘を見つめる。

大和が淡々と話し始めた。

「樹の言う通りです。回覧板は、俺のところに来る前に既に『お祭り変更のお知らせ』一枚を抜かれていました。それをうちに持ってきたのは陽葵ちゃんです。そして、次に回す前に取りに来たのが樹でした。買い物のついでだと言っていましたが……普段回覧板など気にしたこともない奴がずいぶん気が利くなと思っていたら、この騒ぎです。……きっと彼なりに後ろめたかったんでしょうね。青い顔をして玄関前にいたのをとっ捕まえて問い詰めたら、すぐに白状しました。親に見せる前に陽葵ちゃんが抜いた一枚を加えたと言っています」

「樹！　お前って子は！」

怒鳴りつけたのは、クリーニング店の奥さんだった。

「どうしてこんなことをしたの！」

「ゴメン！　ゴメン！　俺、まさか、こんな大事になるなんて思わなかったんだよ！」

樹は泣きそうになりながら謝罪を繰り返す。

情けない表情で息子を見ていたクリーニング店の奥さんが息子の襟首をガシッと掴み、そのままズルズルと引き摺って橘花の前に来る。

「ごめんなさい！　橘花ちゃん、うちの子が申し訳ないことをしてしまって。……ああ、もう謝っても謝りきれないわ！」

深々と頭を下げ、息子の頭も問答無用で下げさせた。

「あ、いいえ。……わかってもらえたら、それでいいんです」

橘花は両手を前で振りながらそう話す。

「橘花ちゃん、私たちも、ごめんなさい！」

「……信じてあげられなくって」

「橘花ちゃんはいい子だってわかっていたのに。証拠があるって言われたら、つい」

マダムたちも次々に立ち上がり、頭を下げてきた。

「大丈夫ですから」

笑ってそう言う橘花の頭に、大和が触れる。

「遠慮することないんだぞ。お前は疑われて傷ついたはずだ。もっと怒っていい」

「もう、大丈夫だって言ったでしょう。私だって、奥さんたちの立場になったら同じ誤解をするかもしれないもの。責めてばかりはいられないわ」

心配性の大和を、橘花は宥(なだ)めた。

諸々考えれば、今日の誤解は致し方ない面がある。

橘花はもうマダムたちには怒っていない。

「お前は優しすぎだ」

「そうでもないわよ。だって、私、陽葵ちゃんや甘味屋さんには、きちんと謝ってほしいと思うもの」

そう、橘花の怒りが収まらないのは、そのふたりに対してだけだ。真っすぐ彼らを見つめる。

橘花のみならず、大和や他の人々もふたりを見ていた。

全員から咎(とが)める視線を受けた父子は、蒼白な顔になっている。

陽葵はブルブル震えて今にも泣き出しそうだ。

陽葵の父は、ショックに体を強ばらせている。

「こ、これは……え？　あ、その……まさか、本当にうちの陽葵が嘘をついたのか？」

この期に及んでも信じられないとか、親バカも大概にしてほしい。

「いやぁぁ～！　違う、こんなの違うわ！　だって、陽葵は悪くないもん！　急に現れて、陽葵の大好きな大和さんを誘惑したこの人が悪いのよ！　この人が、ここに来なければ、私だってこんなことはしなかったのに！」

そんな言い分が通ると本気で思っているのだろうか？

呆れてものも言えないでいると、唐突に玄関を開ける音がした。

「陽葵！　あなたって子は！」

怒声と同時に入ってきたのは、甘味屋の奥さんだ。

「担任の先生が呼んでいるって言うから学校に行ったのに、そんなことはないって言われるし、悪い予感がして急いで帰ってきてみれば、こんな状況になっているし——いったいこれは、どういうこと？」

切れ長の黒い目がつり上がり、三角になっていた。

「ママ——」

「……お前」

父子ふたりが情けない声をあげる。

そんな彼らを一切無視して、大和はこれまでの経緯を甘味屋の奥さんに話した。

オブラートに包まず淡々と語られる内容は、あらためて聞けば聞くほど、陽葵と彼女の父の愚かさを白日の下に晒す。

唇をギュッと噛み締めて聞いていた奥さんは、娘と夫に近づくと、左右両方の手それぞれにふたりの頭を掴み、床に叩きつける勢いで下げさせた。

「……っ！」

「痛い！　痛い！　ママ！　やめて！」

「黙りなさい！　あなたたちは橘花ちゃんがいいと言うまで絶対頭を上げてはダメよ！」

怒鳴りつけると、自分もガバッと頭を下げた。

「ごめんなさい！　謝罪のしようもないけれど……私の監督不行き届きだわ。こんなバカな娘と夫だとは思わなかった。本当に、ごめんなさい！」

頭を下げているので表情は見えないが、声から心底悔やんでいる様子がよく伝わってくる。

「奥さんは悪くないんですから、頭を上げてください」

橘花は慌ててそう言った。

しかし、甘味屋の奥さんは頭を下げたまま首を横に振る。

「いいえ。私が娘の教育を間違ったのよ」

それはそうかもしれないけれど……でも、子どもを完璧に育てられる人なんて、世の中にどれだけいるだろう？

きっと、ほとんどいないに違いない。

みんな、大なり小なり間違って、その都度(つど)、親子でぶつかり、話し合い、反省して……そして、親子ともども成長していくものなのだ。

「間違ってなんていませんよ。だって子育てに正解なんてないでしょう？」

だから、橘花はそう言った。

「……橘花ちゃん」

甘味屋の奥さんが顔を上げる。ジッと橘花を見つめてきた。

そして、もう一度深く頭を下げる。

「ありがとう」

礼を告げる語尾は震えていた。

続けて何かを言おうと口を開けたのだが、そこで陽葵が声をあげる。

「ママ、ママ！　頭が痛いわ。ねぇ、橘花さんが怒っていないのなら、もう頭を上げてもいい？」

橘花と母の会話をどう受け取ったのか、そんなことを懇願(こんがん)した。

たしかに、ずっと頭を下げたままの体勢は苦しいだろう。

しかし娘の言葉は、母を怒らせるばかりだ。

「いいわけないでしょう！　橘花ちゃんは、ママに怒っていないって言ってくれただけなのよ。あなたへの許しじゃないわ。……だいたいあなたは謝ってもいないじゃない！」

容赦なく娘を怒鳴りつける。

「謝る！　謝るわ！　陽葵が悪かったの。ごめんなさい！」

陽葵の声は切羽詰まっていた。相当苦しいとみえる。

「ダメよ、そんな謝り方！　本気で反省していないでしょう！」

それでも、母は娘を許す気がまったくないようだ。

「そんな！　お願い、ママ、許してよ！」

「ママに謝ってどうするの！　謝るのは橘花ちゃんにでしょう！」

「うわぁ～ん！　ごめんなさい！」

ついに陽葵が泣き出した。わんわんと、子どものように泣きじゃくる。

「……そのくらいで許してやったらどうかな？」

それを見かねたのか、とことん娘に甘い陽葵の父がそう言う。

もっとも、それは妻の怒りを煽るだけ。

「あなたは何を言っているの！　反省しなきゃならないのは、あなたもでしょう！　……私、言いましたよね。あなたが陽葵を甘やかすのをやめないのなら離婚するって」

「り、離婚！　お願いだ、それだけはやめてくれ！」

妻にベタ惚れの甘味屋の主人が悲鳴のような声をあげる。

「いくら言ってきかせてもダメなら、実行するしかないでしょう！」

「た、頼む！　悪かった！　俺が悪かったから！　離婚だけは、しないでくれ！」

一気に修羅場になってしまった。

「ええっ！　嘘っ！　パパとママ、離婚しちゃうの？」

思わぬ事態に陽葵が暴れ出す。

「ヤダヤダヤダ！　やめてよぉ～！」

けれど、どんなに暴れても、母の手は彼女の頭を押さえつけたままだ。

「あなたがこんなに我儘な子なら、そうするしかないわ。ママはあなたを連れてこの家を出て、小さなボロアパートで質素な暮らしをすることにする！」

「うわぁ～ん！　嫌よ！　そんなの嫌！　陽葵が悪かったわ！　もう我儘言わない！　橘花さん、ごめんなさい！　二度とこんなことしないから、許してぇ～！」

「俺も、俺も謝罪する！　俺が悪かった！　頼む！　この通りだ。どうか許してくれ！」

よほど離婚の脅しが効いたのか、陽葵と彼女の父は床に両膝をつき土下座して謝った。

（……なんだかなぁ）

そう思ってしまうのも仕方ない。

何故なら、陽葵と彼女の父が本当に自分たちの行いを省みて謝ったとは到底思えないからだ。

どう考えても、離婚が嫌だからという理由だった。

とはいえ、これ以上許さないのもどうかと思う。

陽葵の我儘は筋金入りだし、そんなふうに我が子を育ててしまった父親だって、一朝一夕に性格が直るとは思えない。

つまり、今回の一件だけで彼らが改心する可能性は、ほとんどないのだ。

（これ以上怒っていても、こっちが疲れるだけじゃない？）

それに実は、橘花も彼らにいい人になってほしいだなんて思っていなかった。

彼女が望んだのは、自分が間違っていないという証明と、それを周囲に認めてもらうこと。さらに、自分を疑ったことに対する謝罪があれば十分だ。

この後、彼らが反省できずに結果的に離婚になったとしても、それは甘味屋の家族の問題。

正直、橘花にはどうでもいいことだ。

(ちょっと冷たいかしら?　ううん、あれだけ迷惑かけられたんだもの、気にする必要ないわよね)

だから、ニッコリ笑った。

「わかりました。謝罪を受け入れます」

「橘花ちゃん!　本当にいいの?」

心配そうに言ってきたのは、甘味屋の奥さん。

「はい。謝ってもらったんですから、これで十分です」

「橘花ちゃん!……あなたって子は、本当に優しい子なのね」

甘味屋の奥さんは感激してそう言った。

「本当に!　なんて心の広いお嬢さんなんだろう」

「こんないい子を私たちは疑っていたなんて」

「ごめんね!　橘花ちゃん!」

マダムたちも口々に橘花を褒めて、先ほど疑ったことを重ねて謝ってくる。

なんとなく、罪悪感を覚えてしまう。

「十分ですから、陽葵ちゃんたちの頭を放してやってください」

居たたまれなくなった橘花が頼むと、自分が娘と夫を押さえつけていたことをすっかり忘れていた奥さんが「あら！」と言って、手を放した。

「う、うぅ〜、目が回る。……ママ、ママ、離婚しないでぇ〜！」

完璧に頭に血が上っていたのだろう、真っ赤になってフラフラしながら陽葵が泣いている。

「ぐ……っう……俺が悪かった。すまない、すまない……俺を捨てないでくれぇ〜」

陽葵の父も状態は娘と似たようなもの。

父と子は謝りながら奥さんに縋りついていた。

呆れながら見ていると、肩にポンと大和の手が置かれる。

「本当に、このまま許していいのか？」

「いいって言っているでしょう」

彼の目の中には、まだ鎮まりきらない怒りがある。

自分のために怒ってくれていることを嬉しく思いつつ、橘花は肩の上の彼の手に、自分の手を重ねた。

「そんなことより、他に気にすることがあるんですもの。——お祭りの問題は少しも解決していないでしょう？」

橘花を貶めようとした陽葵が計画の変更連絡をしなかったために、明日の料理の食材がかなり不足している。

橘花の無実はわかっても食材が増えるわけはなく、根本的な問題はそのままだ。

「……むりをすれば、今からでも足りない食材を調達することはできるぞ」

大和が橘花にだけ聞こえるような小声で呟いた。

よろず屋は、神々相手の何でも屋。普通は不可能なことでも、神の手を借りれば可能になるのだろう。

しかし、それは最後の手段だと、橘花は思った。まず、自分たちで、できることはしなければ。

だから、大和の目を見て小さく首を横に振った。そして、マダムたちに向かって声を張り上げる。

「明日のお料理ですけれど、お祭り料理ばかりじゃなく、それ以外の普通の料理じゃだめでしょうか？」

「——え？」

「お祭りだからって、特別なものばかりでなくてもいいはずですよね。むしろ、特別なのは味見程度に少しずつ食べてもらって、他は一般的に好まれている料理を出しましょうよ！　子どもや若者なんかには、そのほうが絶対喜ばれると思います！」

もちろん伝統的なお祭り料理に拘る人もいるだろう。しかし、今に伝わるお祭り料理そのものも、過ぎてきた時代時代に合わせて変遷してきたものなのだ。

「今どきのお祭りは、そういうところが多いですよ。……少なくとも、うちの神社のお祭りの一番人気メニューは、カレー味の鶏唐揚げでした！」

橘花の言葉に、マダムたちが目を瞠る。

「ハハ、いいな、それ。唐揚げは俺も大好物だ」

大和が笑いながら賛成してくれた。

「でしょう？　でしょう？　あとタコ焼きとか焼きそばとか……あ、甘味屋さんのみたらし団子がお祭りに出たら最高ですよね！」

ポンと手を叩いて笑った橘花を、甘味屋の主人が呆気にとられたように見つめる。

「……みたらし団子」

「ええ。それなら材料もいっぱいあるでしょうし……作ってくれますよね？」

こんな事態になったのは、甘味屋の末娘の陽葵のせいだ。お祭り料理に自分の店の食材を〝無料〟で〝大量〟に提供するくらい、喜んでしてくれるだろう。

言外にそういう脅しをこめて睨むと、甘味屋の主人はコクコクと頷いた。

「も、もちろんだ！　やる。やらせてもらうよ！」

（よっしゃ！　言質は取ったわ）

「あたしも！　樹が好きだからタコ焼き器は家にあるし、冷凍のタコも常時保存してあるよ」

そう声をあげたのは、クリーニング店の奥さんだ。責任を感じているのは、甘味屋さんと同じなのかもしれない。

「そうか。そうよね。……そういえば、去年のお祭りでも伝統料理の佃煮とか煮つけとかは、若い子に不人気で余っていたわよね」

「そうそう。持ち帰って食べようにも、保健所がうるさいし」

「あまり手間暇のかからない、いつも食べている料理もいいかもしれないわ」

「タコ焼き器なら、うちにもあるわよ！」

マダムたちも次々と賛成の声をあげる。

「よし！　こうしちゃいられないわ。しっかりメニューと作る量を決めなくちゃ！」

「手順や役割も変更しなきゃならないわね」

「それでも、さっきみたいに、足りない材料でどうしようかって、うんうん唸ってばかりいるよりずっと前進だわ！」

方針が決まれば、マダムたちはパワフルだ。ササッと計画を変更し、やらなければならないことをやれる人に割り振って、率先して動き始める。

「……もう、大丈夫そうだな」

「ええ、そうね」

甘味屋さんの奥さんも娘と夫の尻を叩き、容赦なく扱き使っていた。

「ええっ！　陽葵、お芋の皮なんて剥いたことないのに！」

「なくてもやりなさい！　皮を剥いたら皿洗いとお掃除よ！」

「うわぁぁ～ん！」

どうにかこうにかすったもんだしながらも、お祭りの準備は着々と進んでいったのだった。


そして、迎えたお祭り当日。

橘花は元気よく働いていた。

「橘花ちゃん、これを向こうに運んでくれる？」

「それが終わったら、こっちに飲み物を運んできて」

「力仕事はその辺の男どもに頼んでいいからね！」

マダムたちは今日もパワフルだ。昨晩の事件なんてなんのその。テキパキと働き、確実にお祭りを支え、引っ張り、成功へ導いている。

そしてやっぱり人使いが荒かった。

それでも、今朝の早いうちくらいまでは橘花に対して遠慮がちなところもあったのだが、お祭りもたけなわの今この状況下では、遠慮会釈もあったものじゃない。

幸いだったのは、今日の天気が曇りであまり暑くないことか。

滅茶苦茶働かされた橘花がようやく休憩を取れたのは、お祭りのクライマックスである巫女舞がもうすぐ始まるという時間帯だった。

まあ、何とか無事に終わりそうでよかったと思う。

問題の料理も概ね好評で、特に子どもたちからは大絶賛を受けていた。

提案者として責任を感じていた橘花はホッと安堵しながら、神社の奥に足を運ぶ。

商店街の真ん中に位置するこの神社の祭神は、アメノヒワシノカミ。一般的にはあまり聞き覚えのない神かもしれないが、酉の市の『お酉さま』と呼ばれるのがこの神だと言えば、わかってもらえるだろうか？

商売繁盛の神であることは、言うまでもない。

天岩戸に立て籠もったアマテラスオオミカミを誘い出す際にも、祈祷用の布を作る一役を担った神だ。

そんな繋がりもあって、よろず屋がこの商店街にあるのかもしれない。

（そういえば、アメノヒワシノカミさまとヤマトタケルノミコトさまが一緒に祭られている神社もあったわよね。……ここは、そうじゃないみたいだけど）

祭りの喧噪も遠くなり、この辺りは静かだ。

両手を上げ大きく伸びをしているところに、どこからかすすり泣きの声が聞こえてきた。

お祭りの最中に、いったい誰だろう？

気になり近づく。そこは舞殿の奥だった。舞を奉納する巫女の控えの間から声が漏れている。

もうすぐ出番のせいか、戸は大きく開け放たれていた。

「……どうかしましたか？」

橘花が声をかけると、泣き声はピタリと止まる。

「誰？」

しかし、聞こえてきた声に、クルリと回れ右をして帰りたくなった。

実際そうしようとしたのだが――

「あ！　……橘花さん！　何でここに？　……そっか！　陽葵を笑いに来たのね！」

控えの間から出てきた巫女姿の少女――他ならぬ陽葵が大声で叫んだ。

「そんな暇なことしません」

誰が好きこのんで、厄介ごとの元凶に近づくだろう。

「嘘よ！　みんな陽葵のことを見ると、指を指したり、コソコソ話したりするんだもん。……きっと悪口を言って笑っているのよ！　橘花さんだってそうなんでしょう！」

それは自業自得と言うものだ。

「巫女舞なんかしても、みんなにバカにされるだけだわ！　踊りたくないってママに言ったのに、辞退しちゃダメだって叱られるし――もうっ！　もうっ！　どうしたらいいのっ！」

頭にかぶった前天冠の五色房をブルブルと震わせ、陽葵はうわぁぁ～と号泣する。

正直、ものすごく面倒くさかった。勘弁してほしい。

この状態の陽葵が巫女舞を無事に務められるか不安になる。

（絶対、むりだわ）

橘花は大きなため息をついた。

本当に心の底から関わり合いになりたくないのだが、神社の娘として、神に奉納する舞の失敗を見過ごすわけにはいかないと思う。

「……舞うのは豊栄の舞なの？」

仕方なく、橘花は渋々とそう聞いた。

「へ？　……あ、うん。そうだけど」

豊栄の舞とは、神々の恵みに感謝する巫女舞で、一般的によく見るものである。

当然、橘花も舞えた。

「わかったわ。私も一緒に舞ってあげる」

だから橘花は、そう提案する。

「へ？」

「私も一緒なら、おかしな視線は向けられないし、何より注目も二分の一になるから、気分的にずっと楽になるわよ」

むしろ、突如予定外に舞台に上がる橘花のほうが、より注目を浴びるだろう。

「え？　え？　え？」

「ほら、惚けてないで、予備の衣装を出してきて」

祭りの準備をメモしたのは橘花だ。万が一汚れたときのことを考えて、水干も緋袴もすべて一式予備を揃えてある。

驚きのあまり固まった陽葵を動かすのを諦め、橘花は自分で衣装を準備し、慣れた動作で着替え始めた。

「ああ、私が一緒に踊っても、あなたは動きを合わせようとなんてしなくっていいわよ。私のほうできちんと合わせるから。……大丈夫。私、こういうのは慣れているのよ」

神社の巫女は若い女の子のバイトが多い。もちろん彼女たちは彼女たちなりに一生懸命やってくれるのだが、やはり中には緊張のあまり踊れなくなる子もいるのだ。

橘花はそんなときに助っ人で一緒に舞うことが多い。

「……ほ、本当に、陽葵を助けてくれるの？」

「なによ。助けないほうがいいの？」

「ううん！　……で、でも、陽葵は、あんなに意地悪したのに」

どうやら意地悪をしたという自覚はあるらしい。

「あなたのためじゃないわ。商店街のお祭りのためよ」

素っ気なく言い切る橘花に、陽葵は感謝の目を向ける。

「う……う……ありがとう！　橘花さん！」

「いいから泣きやみなさい。そんな泣きはらしてパンパンな顔で舞うつもりなの？　言っとくけど、ものすごく不細工よ」

「えぇっ！　嘘っ！　嫌、嫌よ！　陽葵は誰より可愛くなくっちゃ！　……顔を洗ってくる！」

バタバタと陽葵が化粧室に駆けこんだ。なんとかいつもの調子を取り戻してくれそうだ。

「早くね！」

「は～い！」

あっという間に元気になった声に、半ば呆れる橘花だった。

その頃。大和は祭りの役員として忙しく働いていた。

面倒だが、これも地上で人間として暮らすからには、避けられない務めだ。

（もっとも、昨日は本気でこんな商店街出ていってやろうかと思ったが）

橘花は誤解しているが、大和はこの商店街への愛着なんて持っていない。

僅か百年足らずで年老い死んでしまう人間たちの中で暮らすには、老いない大和の容姿はあまりに異質なため、一ヶ所に十年といたことがないのだ。

この商店街にだって、三年前に空き店舗を買って住み着いたばかり。あと数年はいるつもりだったが、今すぐ出ていったってまったくかまわない。

（橘花に悪意を向けるなんて、腸が煮えくりかえる！）

彼女が許したから我慢したものの、そうでなければ、大和は自分が彼らに何をしたかわからなかった。

「大和く～ん！　こっちはもういいから、少し休憩してきなさいよ」

彼のそんな物騒な考えに欠片も気づかず、甘味屋の奥さんが大きな声をかけてくる。

「はい！　ありがとうございます。そうさせてもらいますね」

休憩なんて少しも必要だと思わないが、先ほどから姿が見えなくなった橘花が気にかかっていた。

まあ、昨日の今日で何かあるとは思わないが。

もしも、本当に何かあったのなら、今度こそこの商店街には目に物見せてやろうと考える。

キョロキョロと周囲を見回し、橘花を探して歩くと、笙の音が響いてきた。

巫女舞が始まったのだ。

大して興味を覚えず舞殿を振り返った大和は、そこで驚くことになる。

(橘花？)

三方が開けた舞台の上で、ふたりの巫女が舞っていた。

そのひとりは、間違いなく橘花だ。

今日の巫女舞は、陽葵だけのはずなのに。

いつもは使わない神力で、神の目を発し、舞台の上を凝視する。

注意して見ると、陽葵の目の周囲がうっすら赤く腫れているのがわかった。

それだけで、大和は橘花が巫女舞をすることになった理由を察する。

(お人好しすぎる！)

苦々しくそう思う。

陽葵は、橘花に悪意を持って接し陥れようと画策した少女。そんな奴が巫女舞を失敗し笑いものになっても、まったく全然これっぽっちもかまわないはずなのに……

優しい橘花は救いの手を延べたのだ。

(……昔から、そうだった)

オトタチバナヒメは明るく天真爛漫（てんしんらんまん）。ヤマトタケルノミコトの出征にむりに同行したせいで我儘（わがまま）と噂されることもあったが、その実、己れが心のままに誰をも助ける心優しい女性だ。

『だって、みんな笑っていられるほうがいいでしょう？』

ヤマトタケルノミコトに同行したのだって、父王から理不尽な戦（いくさ）を命じられて休む間もなく出征に出征を重ね、心も体も疲弊（ひへい）していた彼を心配したから。

結果、ヤマトタケルノミコトのみならず、彼の率いる荒くれ者揃いの兵士たちをも癒し、彼らの心の拠り所（よりどころ）となった。

……そして、それゆえにすべてを救うため、海神への生贄（いけにえ）となる道を自ら選んでしまったのだ。

（君の優しさは、俺には残酷だ）

そんなに優しくなくていい！

もっと利己的に、自分のためだけを考えて生きてくれればいいのに。

舞殿の中では、ふたりの巫女がふわりふわりと舞っている。

ひとりは陽葵。

若く可愛らしい少女だ。彼女はあまり練習しなかったのだろう、動きがどこかぎこちなく、でもそれが微笑（ほほえ）ましく思えるあどけなさで魅（み）せている。

そして、もうひとりは橘花。

陽葵に比べ、明らかに年上で表情もキリリと引き締まり、可愛らしいという言葉はあまり似合わない。

背筋がピンと伸び、身長は陽葵に比べてかなり高い。

愛くるしさを競うなら、間違いなく軍配は陽葵に上がるだろう。

しかし、舞う橘花の姿は……美しかった。

大きく手を振る度に水干の袖がひらりと翻り、その様は白い鶴が優雅に翼を広げるよう。

高峻にして優美。荘厳にして神聖。

洗練された舞い姿は、清々しい空気を喚び起こし、舞殿の上——いや、周囲一帯を祓い清めていく。

大和は橘花から目を離せなかった。

そして、それは彼のみならず、巫女舞を見るすべての人を同じ心地に染めていく。

『……ああ』

感嘆の声を漏らしたのは、大和だったのか、それとも他の誰かか。

いや、人ならざる者だったのかもしれない。

それが証拠に、その声と同時に雲が割れ、光が一筋、舞殿の上に振りそそいだ。

キラキラとした陽の光が、巫女の姿を包みこむ。

『――善き哉。善き哉』

心の中に聞こえてきたのは、間違いなくアメノヒワシノカミの声だ。

大和は夢見心地を破られ舌打ちする。

（余計なことを）

そう思ってしまう。

最後の笙の音が消えたとき、周囲は静まりかえっていた。

そして一瞬の後に、大きな拍手が湧き起こる。

うわぁぁぁ～！

「凄い！」

「こんなに感動的な巫女舞は、はじめてだ！」

「よかったぞぉ～！」

口々に巫女を称える人々の中、舞台の上で泣き出した陽葵を橘花はあやしてやっている。

（本当に腹が立つ。今すぐ嵐を呼び起こしてやろうか）

物騒な算段をつける大和の目に、舞台に駆け上がる甘味屋の奥さんが映った。

彼女は橘花に感謝と感動を伝え、頭を下げている。

橘花が嬉しそうに笑った。

その笑顔を見た大和は、無意識に握り締めていた拳から……力を抜く。

他の誰でもなく、橘花の笑顔を曇らせることだけは、できなかった。

第五章　ツクヨミノミコトと姉弟ゲンカ

その日の橘花の心は雨模様だった。

ザアーザアーではなく、シトシトと心を濡らし、徐々に重くなっていく類い（たぐい）の雨だ。

「ハァ〜」

大きなため息が口から出る。

「橘花さぁ〜ん！」

そんな彼女の気持ちをまったく考慮しない、元気のいい声が近づいてきた。

「……陽葵ちゃん」

「橘花さん！　見て、見て！　陽葵、数学のテストで六十点を取ったんですよぉ〜！

五十点以上を取れたのは、はじめてなんです！」

ニコニコと本当に嬉しそうに、陽葵は手にしたテストの解答用紙を見せる。

たしかに、用紙の右上に大きく赤字で六十点と書いてあった。

「……平均点は何点なの？」

「七十六点です！」

それで六十点では、喜べないのでは？

しかし、陽葵は嬉しそうだ。学校帰りに真っすぐ走ってきたせいか、頬が赤く息は弾んでいる。

紛うことなき紅顔の美少女だ。

そこまでして橘花にテスト結果を早く見せたかったのかと思えば、悪い気はしない。

陽葵の後ろに褒めてほしくてブンブンと尾を振る犬の幻想を見た橘花は、無下にもできず「頑張ったわね」と言いながら頭を撫でてやろうとした。

そこへ――

「店先で騒ぐな」

不機嫌そうな声が聞こえてきて、手が止まる。

「大和さん」

振り返ると、店の奥から現れた大和が陽葵を睨んでいた。

「え～！　大和さんのケチ！　陽葵が〝大好き〟な橘花さんに褒めてもらうのを邪魔しないでよ！」

途端、陽葵は口を尖らせる。

つい先日までの、大和と橘花への態度が正反対になっていた。

「……どの口が『大好き』とか抜かす」

「この口で～す！　陽葵は一緒に巫女舞をやってから、橘花さんの大ファンになったんだもん！」

自分の口を指さしながら、堂々と陽葵は宣言する。

――そう。いったいあの踊りの何が陽葵の心に響いたのか、お祭り以来、彼女は橘花にものすごく懐いていた。それこそ、朝から晩まで暇さえあればよろず屋に入り浸るくらい。

そして陽葵は、そんな彼女を露骨に排除しようとする大和に敵意を抱いていた。

「迷惑だ」

「それを決めるのは、大和さんじゃなくて橘花さんで～す！」

バチバチとふたりの視線が火花を散らす。

「俺はこの店の店主だぞ」

「陽葵は幼気な女子高生だもん！」

若い子との会話は難解だ。中でも一番の難易度を誇るのが、女子高生ではないだろうか。

大和がまったく噛み合わない会話に頭を抱えた。ちょっと橘花も同情する。

「……ともかく、帰れ。俺と橘花は、これから仕事の打ち合わせがあるからな」

「え～」

陽葵が不服そうな声をあげた。

しかし、それ以上は言わない。『仕事』と言われたときは引き下がらなければいけないと、わかっているのだ。

こういうところは、ちゃんと自営業店の娘だと思う。

「わかりました。残念だけど、帰ります。……橘花さん、次はお父さんのみたらし団子持ってきますからね！　一緒に食べましょう」

お祭りで無料提供した甘味屋のみたらし団子は、あれ以降、地元の人気メニューになっている。

ＳＮＳでもバズったそうで、売り出せば即完売。なかなか手に入りにくい一品なのだそうだ。

それを差し入れしてくれるという陽葵に、橘花は少し感謝した。

振り返って手を振る彼女に笑顔で手を振り返すと、大和から不機嫌そうに呼ばれる。

「早く来い」

いったい何の用だろう？

（神さま相手の取り立てかしら……それとも〝アレ〟がバレたとか）

橘花の心の中の雨が勢いを増す。

「……はい」

（あ〜あ、なんであんなことしちゃったんだろう）

トボトボと店の中に入った。

橘花の心が雨模様なのには理由がある。

実は昨日、彼女は大和が大切にしていると思われる、ある〝モノ〟を壊してしまったのだ。

きっかけは、ちょっとした好奇心。

店番を大和に任せて家の中の掃除をしていた橘花は、神棚の下の年代物の茶箪笥を綺麗に拭いていた。

神棚の下に汚れたものを置いてはいけないというのは、神社の娘である橘花のポリシーだ。ゴミ箱なんかはもってのほかだし、茶箪笥だって埃をかぶらないように毎日拭かなければならない。

上を拭き、真鍮の取っ手を拭いていて……ふと、他の取っ手より使いこんだ感のある引き出しが気になった。

かなり何度も開け閉めを繰り返しているのだろう、取っ手は他のものより渋い色合いを放ち、指先にしっくりと馴染む。

（この引き出しには、何が入っているのかしら？）

鍵がかかっているわけではないし、見てみてもいいだろう。

そう思った橘花が引くと、スルリと引き出しは開いた。

中には小さな白木の箱がひとつ。

惹かれるように取り出して、蓋を開けた。

和紙に包まれ入っていたのは、半円形の黄楊櫛だ。

こちらもかなり年代物と思われる一品で、彫刻や装飾はないものの、高級品なのが一目で見て取れる。

(……あ)

何故か、橘花の胸がドクンと鳴った。

頭で考えるより先に手が動き、櫛を持ち上げる。

(ここに、あったのね)

それは、まるでなくしたモノを見つけたかのような思考。

ふいに浮かんだその思いの意味を考えることもできずに、櫛に魅入られた。

その体勢のまま固まっていると……店のほうから声が聞こえてくる。

「橘花！　少し出てくるが店番を頼めるか？」

それは大和の声で、橘花は——自分が、橘花なのだと思い出した。

「あ……は～い！」

返事をし、慌てて櫛を元に戻そうとして……手が滑る。

指先から離れた櫛は、よりによって茶簞笥の下に置いてあった掃除機の上に落ちた。

コン！　と弾んで、ピシッと嫌な音が耳に届く。

（え？）

震える手で拾い上げると、歯が一本欠けていた。

（ど、どうしよう？）

「橘花？」

「あ、はい！　今、行くわ！」

焦った橘花は折れた歯ごと櫛を和紙に包んで小箱の中に入れる。そのまま引き出しに突っこんで、パシッと閉めた。

ドクドクと鳴る心臓を押さえて、大和のもとに走る。

「……なんだ。掃除をしていたのか？」

呆れたように聞かれて、息をのんだ。

「ど、どうしてわかるんです？」

もしや大和は千里眼の持ち主なのか？　だとすれば、櫛を折ったことも知っている？

「頭に三角巾をしたままだぞ。それに腕まくりもしているし……今どき、掃除をするのに三角巾をする奴は珍しいよな」

クスクスと笑った大和は、三角巾越しに橘花の頭に触れてきた。

橘花の頬はカッと熱くなる。赤い頬を隠したくて下を向いた。

同時に、ホッとする。

大和は櫛の件に気づいていない。

(――って、ホッとしてどうするの！　正直に話して謝らなきゃ！)

そう思って顔を上げた。

端正な大和の顔が目に入り、次の瞬間、黄楊櫛が頭に浮かぶ。

あの櫛は……女性用だった。

大切に和紙に包まれ小箱に入った女物の櫛。

しかも、何度も開け閉めしたのがよくわかる引き出しに、大切に収められていた。

――大和はあの櫛を見て誰を思い出していたのだろう？

ズキン！　と、唐突に胸が痛む。

「あ……あの、大和さん！」

「ん？」

(私は何を聞きたいの？)

「あっと……その……早く行かなくていいの？」

少し躊躇った後で橘花の口から出たのは、櫛を折った謝罪でも、櫛の持ち主を問う疑問でもなく……そんな言葉。

「あ、ああ。そうだったな。悪い。じゃあ、店番を頼む」

そう言った大和は、橘花の頭を撫でながら三角巾を外してくれた。

「ほら」

真っ白な布を手渡されて……受け取る。

その白に、責められているような気がした。

（い、言わなきゃ）

何を？

「あの……」

「うん。行ってくる」

「……………行ってらっしゃい」

結局、橘花は大和に櫛を折ったことを言えなかった。

その後、帰ってきた彼にも言おうとして言えず、一晩眠って今日こそは！　と思いながらもダメで……そして、今に至る。

（もしも、大和さんが折れた櫛に気がついて叱るのだったら、素直に謝ろう）

大丈夫だ。大和なら許してくれる。

（そして、聞くのよ。――その櫛（くし）は誰のものですか？　って）

そっちは、少し自信がなかった。

考えた途端、胸がキリキリと痛み出してしまうから。

覚悟を決めて店の奥に入り、いつもの茶の間に入る。

大和が急須でお茶を淹（い）れてくれた。

「はい、どうぞ」

茶托（ちゃたく）に載せて、橘花に差し出してくる。

「……ありがとう」

お礼を言ってお茶を飲んだ。

渋みのないまろやかなお茶は、茶葉のよさもさることながら、大和の淹れ方が上手（うま）いから。

とてもおいしい心に沁（し）みる味だ。

ふ～と、口から息を吐き出す。

そのまま黙って、またお茶を飲んだ。

開けた窓から初夏の風が吹いてきて、先日掛けたばかりの風鈴がリ～ンと唄う。

「……大和さん？」

「ん？」

「仕事の打ち合わせは？」

たしか、そう言って呼ばれたはずだ。

「ん……嘘だ」

平然として大和がそう話す。

「へ？」

「ああでも言わないと、陽葵は帰らなかっただろう」

橘花は目を丸くした。

では、大和は彼女を追い返すためだけに嘘をついたのか？

「ああも図々しく入り浸られると、さすがに腹が立つ。一生立ち入り禁止にしてやってもいいんだが、そうすると橘花が気にするからな」

お隣なのに、一生立ち入り禁止など、さすがにやりすぎだ。

橘花はウンウンと首を縦に振った。

大和は気に入らない様子で眉間に縦じわを寄せる。

「だから、仕方ない。でも、あんまり目障りなときは、嘘でも何でもついて追い払うから、そのつもりでいろ」

「……目障りだったの？」

「言っておくが……俺はかなり狭量だからな」

ムスッとして宣言する様が、なんだか微笑ましい。

(まるでテリトリーに入られて怒るウサギみたい)

実はウサギは、とても縄張り意識の強い動物だ。可愛い姿に騙されてうっかり近づきすぎると、がぶっとやられることがあるくらい。

大和の頭の上に長いうさ耳を想像し、あまりにカッコイイうさ耳男子の妄想で、橘花は悶えた。

(に、似合いすぎる)

「……なんだ？」

「ううん。何でもない」

笑いを堪えてお茶を飲み——今なら言えるかもしれないと、考える。

大和の狭量さは、自分の店という生活の場に対する執着からくる縄張り意識。今の橘花は少なくともその縄張りの中に入れてもらえている。

(正直に言って謝れば……きっと許してもらえるわよね)

そう信じた橘花は、お茶碗を茶托に戻し、姿勢を正して正座した。

大和に向かって頭を下げる。

「大和さん！　ごめんなさい！」

大和はパチパチと瞬きした。

「……それは、いったい何に対する謝罪だ？」

突然謝られて不審に思ったのか、声が低い。

続けて――

「まさか……あの〝小娘〟に絆されたのか？」

そう聞かれた。

「へ？」

思いも寄らぬことを言われて、橘花は頭を上げる。

「こ、小娘？」

「陽葵のことだ。陽葵が気に入ったから、俺に謝罪して出入り自由にしてもらおうとでも思ったんじゃないのか？」

あり得ない言葉に驚き、橘花は首をブンブンと横に振った。

「ち、違うわ！　私だって陽葵ちゃんには痛い目に遭わせられたんだもの。そんなに簡単に心を許したりしないわよ！」

「……そうか。やっぱり徹底的に排除するか？」

選択肢が極端すぎる。

「無視で！　気にしない方向でお願いします！」

橘花にそう言われた大和は、チッと舌打ちした。

それでも黙っているので、排除は諦めてくれたのだと思う。

「だったら、何を謝ったんだ？」

あらためて聞かれて、橘花はゴクンと息をのんだ。

「く、く、櫛を折ってしまったんです！　あの、茶箪笥に入っていた櫛を！」

ひと息に言い切って、もう一度土下座する。

大和の声は聞こえない。

そのままずっと頭を下げ続けた。

……やがて「そうか」と静かに呟く声がする。

橘花はビクッと震えて、体を強ばらせた。

「あの櫛を見たのか……どう思った？」

聞こえてきたのは、ひどく真剣な声。

どうして櫛の感想を求められるのだろう？

高価な櫛だと自覚させるためなのか？

「とても！　……とても綺麗な櫛だった。あまりに綺麗で、見た瞬間ドキッとしてしまって……気がついたら手に取っていて……そして、落として欠けさせちゃったの」

自分で説明すればするほど、情けなくなる。

こんなわけのわからない説明では、ますます怒らせてしまうかもしれない。

ビクビクしていると、大和がフッと息をこぼした。

「……そうか。惹かれ合ったんだな」

「え？」

「いや、何でもない。綺麗だと言ってもらって、俺も嬉しいよ」

橘花はそろそろと顔を上げた。

見えたのは、なんとも言えない笑みを浮かべた大和の顔だ。

単純に嬉しそうにも見えるし……泣き出しそうにも見える。

「櫛のことは心配しなくていい。……形あるものは、必ず壊れるということだろう」

「でも、櫛が折れるのは縁起が悪いって聞いたことがあるわ」

それも橘花の心配事のひとつだ。

「いや。櫛を折るというのは、苦しみの『苦』と死ぬの『死』の『苦死』を折るという意味で、縁起がいいと言う者もいる」

それは、初耳だった。世の中には、上手いこと言う人がいるものだ。

「だから、気にすることはない。……そうだな。でも、橘花が気になるのなら新しい櫛を買うのもありだな。俺が持っていても仕方ないし、プレゼントするよ」

「えぇ！」

橘花は驚いた。

「とんでもない！　そんなことしてもらったら、申し訳なさすぎるわよ」

「俺が贈りたいんだ。かまわないだろう？」

「絶対かまうわ！」

怒鳴りつけてしまったが、不可抗力だ。

その後、大和と橘花は、櫛を「買う」「買わない」で押し問答を続けた。

その結果をあえて語る必要はないだろう。

数日後。橘花の髪に、シンプルだが美しい黄楊櫛が飾られた。

結い上げた黒髪の後頭部にスッと櫛をさす、最近ではあまり見ないアレンジのためか、陽葵や彼女の母を始めとするマダムたちの注目と絶賛を浴びる。

頬を染める橘花を見つめる大和の眼差しが、殊の外甘かったこともマダムたちの話題を攫ったのだが……こちらは橘花の耳には届かなかった。

（たかが櫛ひとつに、これほど心を浮き立たせられるとは思わなかったな）
店先に立つ橘花の後ろ姿を見る大和の口元には、自然に笑みが浮かんだ。
櫛をさすために結い上げた黒髪からこぼれて襟足に落ちる後れ毛が、なんとも色っぽい。

そんなふうに思えるのも、相手が橘花だから。

「簪もいいかもしれないな。トンボ玉ならそれほど目立たないし」

ふと、言葉がこぼれた。

一見、高そうに見えないところも、橘花に受け取らせるのにうってつけだ。簪はピンからキリまで。百円単位で買えるものから数十万、数百万と、手作り特注なら天井知らずに値段が上がる。

橘花は言わなければわからないだろうから、受け取らせるのも容易いはず。

今まで使うこともなく貯めこんできた金の、この上なく有効な使い道を考えついて、大和は笑みを深くした。

「ニャー」

『その締まりのない顔を何とかしろ』

店から家の中に入る上がり框に丸くなっていたミケが、鬱陶しそうな鳴き声をあげる。

「うるさい。三味線にされたいか？」

「ニャニャン」

『いったいいつの時代の話をしている。今どき、三味線の皮に猫を使うことなどあるものか』

「そうとばかりは、限らないぞ」

「ニャァァー！」

『そういうことを問題にしているのではない！　……まったく、やに下がりおって。勇猛果敢な戦神ヤマトタケルノミコトは、どこに行った？　そんなふうに油断ばかりしていると、今に足をすくわれるぞ！』

猫の二股の尾がパタタン、パタタンと、いらだたしげに框を叩く。

フンと、大和は鼻を鳴らした。

「俺と橘花の暮らしを乱す者は、誰であろうと許さない」

「ニャオン？」

『お前が勝てない相手が来るかもしれないぞ？』

ヤマトタケルノミコトは英雄だ。数多の敵を倒し、その活躍で人々の崇拝を集め、神となった。

武勇において、八百万の神々の中でも屈指の実力を誇るヤマトタケルノミコトだが、その彼でも敵わぬ相手はいる。

「……スサノオノミコトのことか？」

スサノオノミコトは高天原一の暴れん坊。ヤマタノオロチを退治した手腕を見れば、知勇に優れた強者であるのは間違いない。

しかも、橘花を溺愛する守護神だ。今も彼女の周囲に纏わり付くスサノオノミコトの加護の力を感じとり、大和は眉間にしわを寄せた。

「ニャニャン」

『いや。あいつは橘花を我が子のように慈しんでおるからな。彼女の嫌がることはしないし、ましてや傷つけるはずもあるまい』

たしかに、スサノオノミコトの父性愛の深さは、大和も認めざるをえない。

かなり不本意ではあるが。

「では、誰だ？　タケミカヅチノオノカミか？　タケミナカタノカミか？」

似たような名前の二柱の神だが、実は彼らは敵味方。高天原の天津神が、地上に住む国津神に国譲りを迫った際、抵抗して戦ったのが国津神の武神タケミナカタノカミで、彼をねじ伏せたのが天津神の剣の神タケミカヅチノオノカミだ。

どちらも名だたる戦神であるのは、神話が語っている。

「ニャ！」

『なんでそんな物騒な神の名を出す！　言霊に惹かれて顕現されたらどうする気だ！』

「むろん、橘花にあだなすなら、退けるだけだ」

「ニャニャン！」

『やめろ！　なんでそんなに好戦的なんだ？　これだから、恋にとちくるった奴は始末に負えん。だいたいあの二柱が橘花に何かをするはずもないだろう』

たしかにミケの言う通りだ。

「だったらいったい誰に気をつけろと言うんだ？」

大和は不機嫌そうにたずねる。

「ニャニャニャ、ニャー」

『別に特定の誰かを想像したわけではない。油断するなと言いたかっただけだ。……何やら嫌な予感がするのでな。猫の予感が当たるのは、有名な話だろう』

「……猫による」

「フシャー！」

『儂の予感は百発百中だ！』

ミケが立ち上がり、背中を丸めて憤慨する。

そのとき――

「こんにちは」

よろず屋に、招かれざる客が訪れた。

◇

時は少し遡る。

大和とミケが店の奥で仲睦まじげに話し合う姿を尻目に、橘花は商品の整理をしていた。

最近はこういう普通の仕事が多い。

神さま相手の取り立ては、ホンダワケノミコト以来行っていなかった。

取り立てがないわけではないのだが、大和が腰を上げないのだ。

（まあ、オモイカネノカミさまからの返事がまだみたいだから、今行って神力で渡されても困っちゃうんだけど）

そう思いながら、橘花は心持ち頬を熱くする。

（べ、別に、大和さんとのキスを思い出したからじゃないから！）

誰にともなく、言い訳した。

それはともかく、こんな普通の店員のような仕事ばかりでは、他ならぬ橘花が働く意味がないのでは？

何故なら、橘花の賃金は、特殊な仕事ということで、相場よりかなり高くなっているからだ。

分不相応の待遇は、橘花の精神衛生上よくない。

働いた分の賃金はしっかりもらいたい橘花だが、働いていない分の賃金まで欲しいとは思えなかった。

(それに最近の大和さん、優しすぎるもの)

スパダリなのは以前からなのだが、滅茶苦茶甘さが加味されたのだ。

なんていうか、視線がとにかく甘い！

ジッと温かく……というより、熱く見つめられ、それだけでドキドキしてしまう。

(自意識過剰だって言われちゃうかもしれないけど、今まであんな目で見られたことがないんだもの、困っちゃう！)

大和自身にそんなつもりは毛頭ないのかもしれないが……もう少し控えめにしてもらえないだろうか。

特に、髪をアップにして櫛(くし)をさすようになってからは、前にも増して後頭部に痛いほどの視線を感じるようになった。

(やっぱり、あの欠けた櫛には、深い思い入れがあったんじゃないかしら？)

大和は全く橘花を責めなかったし、櫛も単に昔からあの状態で家にあったものだと言っていた。しかし……それでは、何度も引き出しを開けていたことの説明がつかない。

あまりしつこく聞くのも申し訳なくて、それ以上は聞けなかったのだが……どうにも気になっている。

もしも大和に想い人がいて、櫛をさした橘花の後ろ姿に、その人を重ねているのだとしたら……。

（嫌だ！）

咄嗟にそう思い、橘花は頭を横に振った。

（本当にそうだとしても、だから何なのっていう話なのに）

橘花と大和は、恋人でも何でもない。ただの従業員と雇い主だ。

たしかに大和は優しいし、ときにはすごく甘やかしてくれるのだが……。

（ひょっとしたら私のことを、す、す、好きなんじゃないかとか！　思っちゃうけど……でも、告白とか、そういうのはされたことがないもの！）

キスは二回しているが……いやいや、あれは仕事だから、ノーカウントだ！

橘花は熱い頬を隠したくて、下を向いた。

（これじゃ、まるで私が大和さんに恋をしているみたい）

そこへ——

「こんにちは」

声が聞こえてきた。

「は、はい！　いらっしゃいませ——」

その後の言葉を続けようとして、橘花は口を開いたまま固まってしまう。

何故なら、目の前にいた人があまりに美しかったから。

その人は男性で、見上げるほどに背が高く、モデルのようにほっそりとしていた。

黒のショート丈のシャツとストレートパンツというありふれたファッションなのに、目が離せなくなる。

流れるような美しい銀の長髪を背中で緩くひとつに結んでいて、闇夜のごとき黒い瞳の中に星が輝いていた。

肌は汚れない新雪のごとく純白で、雪の中に息づく南天の実と同じ赤を持つ唇が微かに笑みを刻んでいる。

整いすぎるくらいに整った顔は、まるで神か悪魔のようだった。

(ううん、違うわ。……神か悪魔のようじゃない……本物の神さまだわ!)

橘花にはそれがわかる。……わかってしまう。

体が、震えた。

「君は?……ああ、そうか。君が〝愚弟〟の巫女だね?」

〝愚弟〟と、目の前の男性はそう話す。

橘花は柏槇神社の巫女だ。そして、柏槇神社の祭神はスサノオノミコト。

つまり、橘花はスサノオノミコトの巫女で、そのスサノオノミコトを目の前の男性は〝愚弟〟と呼んだのだ。

スサノオノミコトは三姉弟の末っ子。姉はアマテラスオオミカミで、他に兄がひとり。兄の名は――ツクヨミノミコト。夜の統治者でもある月の神だ。

（……この御方が）

ツクヨミノミコトは興味深そうに橘花を見ていた。

穏やかな気質の人格者ならぬ神格者と呼ばれる神のはずなのに……彼を目の前にした橘花は、体の震えを止められないでいた。

ただそこに立っているだけのツクヨミノミコトから感じるのは、底知れぬ冷気と圧倒的な強さ。

そして、静かな〝怒り〟だ。

（なんでこんなに怒っていらっしゃるの？　……ハッ！　まさか、スサノオさまが何かしたとか？）

もしそうであれば、橘花の命は風前の灯火。

ビクビクと怯えていると、ツクヨミノミコトがクスリと笑った。

「ふむ。箸にも棒にもかからない愚弟だと思っていたけれど、巫女選びだけは多少見る目があったようだね。私を前にして失神しないだけでも大したものだ」

そんなことを褒められても嬉しくない。

黒い目が細められ、白く細い手が橘花のほうに伸ばされた。

（こ、怖い。……これはどうすれば？　避けてもいいの？）

橘花は迷う。

そのとき、背後から手首がギュッと掴まれた。

グイッと引かれ、強制的に後ろに下がらされて……気づけば目の前に大きな背中がある。

「ツクヨミノミコトさま。何用ですか？」

橘花を背後に庇ってくれたのは、大和だった。

凛とした彼の声に……その姿に、橘花は大きく安堵する。

痛いほどに握られた手首が、熱かった。

「ああ、ヤマトタ――」

「大和です！　そうお呼びください」

ツクヨミノミコトの言葉を、大和は途中で遮る。

神を相手のあまりの不敬に、橘花は目を丸くした。

しかし、大和は動じない。

少しの間が空いて、やがてツクヨミノミコトがクスクスと笑い出した。

「必死だね。いつもの無関心よりずっといい。……そういう姿は嫌いではないよ」

「あなたに好かれなくとも結構です。何用ですか？」

大和の言葉は素っ気ない。

恐れ多くも三貴子の一柱に対して、その態度はいかがなものかと思うのだが、庇われている立場の橘花にできることはなかった。

（ま、まあ、三貴子とは言っても、スサノオさまなら、どうってことないんだけど）

三貴子とは、アマテラスオオミカミとツクヨミノミコト、そしてスサノオノミコトを表す言葉だ。

「フフ、まるで毛を逆立てた猫神のようだね」

ツクヨミノミコトはますます楽しそう。

「あれと私を一緒にしないでください」

「ニャッ！」

『そいつを儂と一緒にするな！』

足下から鳴き声がして下を見ると、ミケが小さく蹲っていた。ツクヨミノミコトが怖いはずなのに、それでも心配で来てくれたのだろう。

橘花の心がホワリと温かくなった。震えが少し収まる。

「フフフ、本当に興味深い取り合わせだね。いろいろ突いて遊んでみたいけど……まあいいか。今日の私の用件とは関係ない。……今日、私がここに来たのは、姉上への伝言を頼みたかったからだよ。――『お遊びも大概になさってください』と、伝えてくれるかな？」

「お遊び？」

怪訝そうな大和の声に、ツクヨミノミコトの穏やかな声が返る。

「ああ、お遊び――この店のことだよ。神々相手の商売だなんて、悪趣味にも程がある。一時の戯れかと思って放って置けば、いつまで経ってもやめる気配がない。いい加減、私も腹に据えかねたのでね」

穏やかな声のはずなのに、聞いた橘花の背中に悪寒が走る。

大和の背に阻まれてツクヨミノミコトの顔が見えないことを心底感謝した。

きっと見てしまったら、毎晩うなされることになるのは、間違いない。

「……お伝えはいたしますが、アマテラスオオミカミさまがツクヨミノミコトさまの御言葉をお聞き入れくださるかどうかの保証はできかねます」

硬くなった大和の声に、ツクヨミノミコトは「そうだろうね」と答える。

「姉上が聞く耳を持たないのは、今に始まったことではないからね。だから、君からも言ってやってくれないか？――『こんな店、もうやめましょう』と。……君だって、もう〝願い〟は叶ったんだ。よろず屋を続ける必要なんてないはずだろう？」

ツクヨミノミコトの言葉に、橘花はびっくりした。

大和には何か願いがあってよろず屋を営んでいたのだろうか？

そして、その願いはもう叶った？

（いつの間に？）

まったくそんな素振りはなかったのに。

「……勝手に決めつけないでくださいますか」

大和の声は、低い。

「おや、違ったかい？　……ああ、ずっと捜していてようやく見つけた肝心の〝想い人〟に記憶がなくて、心が通じていないのなら、完全に叶ったとは言えないのかな？」

「ツクヨミノミコトさま！」

大和が怒声をあげた！

ビリビリと空気が震える。

その声にも驚いたが、橘花はその前のツクヨミノミコトの言葉に大きなショックを受けた。

（〝想い人〟？　大和さんには誰か想う人がいるの？）

そして、ずっとその人を捜していたのだ。

ズキン！　と胸が痛んだ。

ドクドクと鼓動が激しくなって、頭がグラグラする。

クラリと世界が揺れた。

足下が崩れて、立っていられなくなるくらいのめまいがする。

「ニャッ！」

『橘花！』

ミケの声に、大和が振り返った。

倒れかかった橘花を慌てて抱きとめる。

「橘花！　どうした？　大丈夫か？」

そのまま深く抱き締められそうになって、思わず橘花は大和を突き飛ばした。

「触らないで！」

大和のこの手は、橘花のものではないからだ。

「……橘花？」

大和は呆然とした。橘花はハッとする。

助けようとしてくれた相手を突き飛ばしてしまったと気づく。

「あ、あ、ごめんなさい。……私、つい」

胸の前で手を組み、小さくなって頭を下げる。

「橘花……どうして？」

それでも、もう一度伸びてきた大和の手から距離を取ってしまった。

大和の目に傷ついたような光が浮かぶ。

でも、ダメだ。

大和に想い人がいるとわかった今は、どうしたって受け入れられるはずがない。

「……プッ、ハハハ」

突如ツクヨミノミコトが笑い出した。おかしそうにお腹を抱えて身を折っている。

「これは、愉快。名だたる英雄が捨てられた猫神のようだね」

「ツクヨミノミコト！」

「ニャニャ！」

『そいつを儂と一緒にするなと言っただろう！』

大和とミケが声を荒らげるが、橘花はそれよりツクヨミノミコトの言葉が気になった。

「英雄？」

英雄とは、誰のことだろう？

大和がチッと舌打ちする。

「ツクヨミノミコトさま、伝言はたしかに承りました。どうぞお帰りください」

「追い出す気かい？」

「もうご用はないのでしょう？」

ツクヨミノミコトがフッとため息をつく。身を捩って笑ったために前に垂れた長い銀髪を背中に払った。

「まあ、今日は退いてやろうか。……よい返事を待っているよ。もしも、姉上が私の言葉を無下にするようなら、この店がどうなるかの保証はできないからね」

「……脅しですか？」

「まさか。私は脅しなんてしないよ。あえて言うなら予言かな？　何しろ私は占いの神でもあるからね」

クスクスと笑いながらツクヨミノミコトは、徐々にその輪郭をぼやけさせる。

（え？）

パチパチと瞬きした直後には、もうどこにも姿がなかった。

ほんの今までツクヨミノミコトと話していたことが夢か幻だったのではないかと思うほど、鮮やかな退場だ。

橘花は再び呆然となる。

「……ニャー」

『……やっかいな奴に目をつけられたな』

――同時に、ミケの声がポツリと響いた。

その後、橘花は半ば強制的に家の中に押し籠められた。

ツクヨミノミコトがいつ何時襲ってくるかわからないため危険なのだと、大和が言う。

「そんな！　……ツクヨミノミコトさまは今日は退くと仰られていたじゃない。私が店番をしても大丈夫のはずだわ」

橘花の訴えにも、大和は頑として首を縦に振らない。

「大和さん！」

「……俺が心配なんだ。頼む、少しでも安全なところにいてくれ」

顔を青ざめさせ、真剣な表情で頼んでくる大和。

そんな顔をされては、橘花もむりは言えなかった。

渋々家の中に入り、この際だから後回しにしていた家事を集中的に行う。隅々まで掃除をしたり、保存食を作ったり、あれやこれやと手を回し、食材や消耗品リストも作った。

（こうして一覧にすると、何が不足しているかわかるわね。たいていのものはうちの店で揃えられるけど……あ、食パンがなかったわ）

橘花も大和も基本和食派。主食はご飯なのだが、たまにはパンも食べたくなる。

このため、毎週土曜日の朝食はトーストとスクランブルエッグ、あとはそのときある食材で適当にスープを作って食べるのが習慣になっていた。

今日は金曜日なので、明日の朝食用の食パンが必要だ。

そう思い、買い物に出かけようとした橘花だが、当然のように大和に止められた。

「危険だと言っただろう！」

「だって、バス通りのベーカリーの食パンが欲しいんだもの。トーストするならあそこが一番だって、大和さんも言っていたでしょう？」

「明日は、パンでなくてかまわない」

「ちょっとそこまで買い物するだけなのよ。危険なんてないわ」

しかし、大和は首を横に振る。

「大和さん！」

「……わかった。どうしても食パンが欲しいのなら、店を閉めて俺も一緒に行く。……そうだ。……そうだな。何もむりして開店していなくてもよかったんだ。今日から当分の間、休業しよう」

なんと、そんなことまで言い出した。

どうしてそうなった？

「そんな！　ダメよ！」

橘花は焦る。

「これから仕事帰りのお客さまがいらっしゃる時間帯なのに、急に店を閉めたら、みんなに迷惑かけちゃうわ！　うちを贔屓にしてくれる固定客の人たちだって困るじゃない！」

「俺は困らない」

「みんなが困るの！　お客さまあってのお店なのに……わかったわ。明日の朝食のパンは諦める。買い物にも行かないから、店は開けていて」

　仕方なく橘花は引き下がった。

　このままでは、大和がどんな突拍子もないことを言い出すかわからない。

（ホント、大和さんって頑固者なんだから。一度言い出したことを変えないのは、〝昔〟から変わらないのね）

　橘花はプンプン怒りながら家の中へ戻る。

　暖簾をくぐって――ふと立ち止まった。

　橘花と大和が出会ったのは数ヶ月前だ。それ以前のふたりは、見たことも会ったこともない、赤の他人。

（なんで私は、〝昔〟の大和さんが頑固者だって知っているの？）

　それは、どうしたって知りようもないことのはず。

（……私？　私は……どうして？）

　頭がズキズキと痛む。

思わず目を閉じると、まぶたの裏に、泣きそうな顔で必死に何かを怒鳴る大和の姿が見えた。

——いや、それは本当に大和だろうか？

髪は長く強風に煽（あお）られて乱れ、服装はまるで日本神話の登場人物のよう。腰に佩（は）いた長剣がしっくりと似合っていた。

今度は胸がギュッと痛み、橘花はフルフルと頭を左右に振る。

（私、疲れているんだわ）

そう思う。

少し頑張って動きすぎたかもしれない。夕食まで時間があるから、今のうちに休んでおこう。

（あの調子だと、大和さんがまた店を閉めるとか、何かおかしなことを言い出すかもしれないもの）

たしかにツクヨミノミコトは心配だが、こちらにはアマテラスオオミカミもついているのだ。そこまで案ずる必要はないと橘花は思う。

（大和さん、〝昔〟から心配性だものね）

フフッと笑った彼女は、今度は自分の思いの矛盾にまったく気がつかなかった。

そして、その日の夕方。橘花の予想は見事に当たった。

いつもよりずいぶん早く閉店した大和が、橘花の作った夕食を食べた後で、真剣な表情で口を開いたのだ。

「……橘花、実家に帰ってくれ」

「え？」

橘花はポカンと口を開ける。

何だ？　その離婚を切り出す夫みたいなセリフは？

「や、大和さん？」

「いろいろ考えたんだが、やはりこの店は危険だと思う。アマテラスオオミカミさまはツクヨミノミコトに意見されたからといって容易く自分の言葉を変える御方ではないからな。そうなればツクヨミノミコトは宣言通り実力行使に出るだろう。……一番に狙われるのはこの店だ」

それは十分あり得る話だ。

「でも、それなら危険なのは大和さんも同じでしょう？」

「俺は店主だ。この店を守る責任がある」

なのに、自分にだけ実家に帰れとはどういうことか？

「それだったら、私だってこの店の従業員だわ！」

もうバイトではない。橘花はよろず屋の立派な正職員だ。

「……スサノオノミコトの借金を返すまではな。……ついさっき、その借金はすべて完済された」

「えぇっ！」

橘花は心底驚いた。

スサノオノミコトにそんな甲斐性があるなんて信じられない。

「ど、どうして、急に？　だって、スサノオさまは借金を返せないからって、私をここに送ったのよ」

スサノオノミコトの借金はそんなに簡単に返せる額ではなかったはず。

橘花は不審に思い……そして、ハッとした。

「わかったわ。嘘をついているんでしょう！　私を家に帰したいからって、そんなあり得ない嘘をついているんだわ！」

確信して叫ぶ。

どうしたってそうとしか思えなかった。

しかし、大和は首を横に振る。

「嘘じゃない。スサノオノミコトは本当に借金を返したんだ。……ただし、現金ではなく〝神力〟で」

「……神力？」

現金の借金は現金でしか返せないのではなかったか？

橘花が声に出してそうたずねる前に、大和が答えをくれた。

「ホンダワケノミコトが神力を現金にする方法を使っただろう。あれをスサノオノミコトの神力でも可能にできないか確認したんだ。ホンダワケノミコトは渋っていたが、神力と現金二対一の割合でなら応じると言ってくれたよ」

神力と現金の換金率がどのくらいかはわからないが、要は、スサノオノミコトが多量の神力をホンダワケノミコトの神社に渡せば、その神社が現金をよろず屋に支払ってくれるということだろう。

スサノオノミコトは日本の三貴子の一柱。暴れん坊でお金はないけれど、神力だけは無尽蔵に持っている。

その方法ならば、借金をあっという間に完済できたのも納得だ。

「もうスサノオノミコトの借金はないんだ。橘花、お前が働く理由もなくなった。……この店にいる必要はどこにもないから……家に帰れ」

――それは、大和の優しさなのだろう。

ほんの少し前――少なくとも今日の午前中までは、スサノオノミコトの借金をそんな形で返す話なんてどこにもなかったから。

それなのに、ツクヨミノミコトが現れて、彼に敵意を向けられて、よろず屋が危険になって……そして急に借金が返済され、大和は橘花に「帰れ」と言ってきた。

（私を危険な目に遭わせたくないから、だから大和さんはここまで手を回したんだわ）

それは、橘花を守ろうとする大和の思い。

彼の心遣いを嬉しいと感じながら……同時に、橘花の胸には泣きたいほどの悔しさが生まれた。

「嫌よ！　私は、そんな自分ひとりだけ助かるような道を選びたくないわ！」

しかし、どんなに叫ぼうとも、一度決めた大和の決意は揺るがない。

「ダメだ。帰るんだ」

「嫌！」

「橘花！」

「嫌だと言ったら嫌なの！」

ふたりは睨み合う。

「危険だと言っているだろう！　これは、お前に危害を与えない神だけを選んだ借金取りとは違うんだぞ！」

ついに大和はそう叫んだ。

橘花は呆然とする。

「……私に危害を与えない？」

思わず聞き返すと、大和はハッとしたように口を押さえた。

よくよく考えれば、タカオカミは雨を司る水の神で、その本性は慈愛と恵みの優しい神だ。

ホンダワケノミコトも人間に人気のある、言い換えれば人に好意を持ちやすい神。

（つまり、私はこれまでも、知らずに大和さんに守られていたのね？　出会った頃の、ぶっきらぼうだったあのときから、もうずっと――）

大和は本当に優しい人だ。

その優しさが橘花の悔しさをますます募らせる！

「ひどい！　こんなのってないわ！　勝手に私に優しくして……勝手に大切にして……そして今は、勝手に守ろうとして突き放そうとしている！　勝手よ！　勝手すぎるわ！」

……わかっている。これは八つ当たりだ。

優しさに気づけず、してもらうばかりだった自分が情けなくて、悔しくて、そのやるせなさを大和にぶつけている。

残ると言い張っている橘花だが、何の力もない自分に、ツクヨミノミコトをどうにかできるわけがないことも、わかっていた。

（大和さんは優しいからはっきり言わないけれど……私は足手まといだわ）

そんなどうにもできない自分への憤りを、大和にぶつけているだけ。

わかっていても止められずに橘花は叫ぶ。大和は辛そうに顔を歪めた。

「……お前にだけは言われたくないな。勝手に俺を守って、俺を置いていった、お前にだけは」

「え？」

それは、何のことだろう？

橘花にそんな覚えはない。

「……大和さん？」

「ともかく！　お前はもうクビだ。今すぐに実家に帰れ！　迎えももう依頼してあるんだ。そろそろ来る頃だろう。……さっさと店から出ていってくれ！」

「大和さん！」

迎えだなんて、いったいいつの間に頼んだのか？

そして、誰が来るというのだろう？

なんとかその前に考えを変えさせようとして、橘花は大和に近寄った。

あと少しで彼に手が届くと思ったその瞬間に、大きな声が降ってくる。

「ワハハハ！　喜べ、呼ばれたので参上してやったぞ。……橘花、久しぶりだな。元気だったか？」

　場の空気をまったく読まずに、突然ドン！　と現れたのは、威風堂々とした偉丈夫だった。

　他ならぬ柏槇神社の祭神スサノオノミコトだ。

「遅い！」

　大和は一言怒鳴りつけた。

「何だと？」

「遅いと言ったんだ。早く橘花を連れていってくれ。……家に連れ帰り、絶対外に出さないようにしてほしい」

　それでは監禁も同然だ。いくらなんでも、それはない。

　憤然として抗議しようとした橘花だったが、その前にスサノオノミコトが「応！」と答えた。

「お前になど言われるまでもない。橘花は我が巫女。俺が守らずにどうする。……たとえ兄上が相手でも、柏槇神社の我が結界の中にいる限り、誰にも手も足も出させんさ。傷ひとつつけないから安心するがいい」

　偉そうに胸を張るスサノオノミコトに、橘花は目をつり上げる。

「ちょっと！　何を勝手に決めているんですか？　まさか本気で私を閉じこめる気？」

「それが一番安全だ」

「安全ならいいってものでもないでしょう？」

「何を言う？　お前の安全以上に大切なものなど、この世に幾つもないぞ。……強いて上げるなら、我が妻クシナダヒメくらいだな」

スサノオノミコトとクシナダヒメは、オシドリ夫婦。神界随一と言われるほどの熱々ぶりだ。

おかげで暴れん坊のスサノオノミコトのご利益に〝縁結び〟があったりするのだが……今は、そんなこと、どうでもいい。

「私は帰らないわ。ここで、ツクヨミノミコトさまからこの店を守るのよ！」

「お前ではむりだとわかっているだろう？」

うっと、橘花は詰まった。

スサノオノミコトはそんな橘花を見て不思議そうに首を傾げる。

生まれたときからのつき合いの神は、彼女の性格をよく知っていた。

「いったい何を怖がっている？」

そう聞いてくる。

「こ、怖がってなんて――」

「いや、怖がっているな。俺の目を誤魔化せると思うなよ」

豪放磊落、暴れん坊で傍若無人に見えるスサノオノミコトだが、その実、彼は計略に長けた策略家。ヤマタノオロチを酒を使った策で倒したように、鋭い観察力と洞察力を持っている。

「……お前を怖がらせているのはこいつなのか？」

ギロリとスサノオノミコトが大和を睨んだ。

（やだやだ！　どうして、こういうことは察しがいいのよ！）

橘花は心の中で焦る。

――そう、彼女は怖がっていた。

今、ここでよろず屋を……大和の傍を離れることが、何より怖いのだ。

（……だって私は、この店を通してしか大和さんと繋がりがないんだもの）

よろず屋を出て実家に帰れば、橘花と大和は何の関わりもない赤の他人となってしまう。多少仲よくなったとは思うが、ふたりの間を表す言葉は、店員と店主で、それ以外でもそれ以上でもないのが現実だ。

（借金もなくなったのなら、復職はないし……遊びに来ることくらいは可能でも……もう大和さんと一緒に暮らすことはできないわ）

そうしたら、大和は誰か他の人と一緒に暮らし始めるかもしれない。

（……そうよ。あの櫛の持ち主とか）

大和が並々ならぬ拘りを持っていた女性用の櫛。

その櫛の主と彼が一緒に住まない理由は、ひょっとしたら橘花の存在だったのかもしれない。

(一緒に暮らそうと思っていたところに、私が飛びこんできたってことも考えられるわよね?)

橘花がいなくなれば、大和はその女性を呼んで同棲する可能性だって……皆無とは言えない。

(そんなの嫌だわ。私じゃない誰かが、大和さんの傍で笑っているなんて)

——これは、紛う方なき嫉妬。

橘花はまだ見ぬ、そして、いるかいないかもわからない女性に嫉妬していた。

そして、怖がっている。

大和との距離が離れ、心までも遠ざかってしまうことを恐れ、恐怖しているのだ。

(いつの間に私は、こんなに大和さんが好きになっていたのかしら?)

もう、認めないわけにはいかない。

(私は大和さんが好きなんだわ)

認めると同時に……とてつもなく恥ずかしくなった。

自分が嫉妬したあげくに我儘を言っているだけの情けない人間なのだと悟ったから。

もちろん、大和が心配なのも本当だったが、冷静に考えれば足手まといの自分がいないほうが彼のためになることくらいわかる。

それでも、帰りたくないと――大和と離れたくないと思ってしまう理由は、どう考えても嫉妬でしかない。

（穴があったら入りたいって、こういう気持ちなのね）

橘花は深く項垂れる。

一方、スサノオノミコトは――暴走していた。

「貴様！　よくも橘花を怖がらせたな！」

荒ぶる神の怒りの矛先は、大和だ。

「はぁ？　何を言っているんだ。俺は彼女を怖がらせてなどいない！」

もちろん、大和も黙っていなかった。

「いいや！　橘花はお前を怖がっている。俺が俺の巫女の気持ちをわからぬはずがないからな！」

「言いがかりも甚だしい！　……それに、誰の巫女だって？　訂正しろ、橘花はお前のなんかじゃない！」

「俺が、我が巫女を俺の巫女と言うことのどこが間違っている？」

「お前のじゃないと言っているだろう！」

何故(なぜ)か大和まで荒ぶりだした。

……しかも、怒りの争点が変わっているような？

「俺の巫女(みこ)を怖がらせた罪は、万死に値する！　一度死んでおけ！」

「橘花はお前のものじゃない！」

一触即発のふたり。

片や日本神話の英雄スサノオノミコト。

こなたアマテラスオオミカミから使命を受けたよろず屋の店主。

どちらに軍配が上がるかは考えるまでもないことだと思われたが、大和は一歩も退(ひ)かなかった。

橘花は慌てて彼らの間に飛びこむ。

「やめて！　……もういいの」

「橘花？」

「……何がもういいんだ？」

大和とスサノオノミコトが驚いたように橘花にたずねた。

「…………帰るわ」

「え？」

「家に帰るわ。……大和さん、お世話になりました」

橘花は深々と頭を下げる。その顔色は青ざめていて、ひどく憔悴していることが一目瞭然だ。

ずっと彼女に「帰れ」と言っていた大和だが、萎れた花のような様子には焦ったらしい。

「橘花――」

「最後までご迷惑かけてごめんなさい。お礼は、落ち着いたら手紙でも書くわ。……今まで、本当にありがとうございました」

丁寧に礼を言われて、大和は目を見開いた。

「橘花？　何でそんな言い方を？」

大きな手が伸びてきて……橘花は思わず後退る。

「あ……橘花？」

空を切った手を、彼は驚いたように見つめた。

「ごめんなさい！　……スサノオさま、早く帰りましょう！」

橘花の声を聞いたスサノオノミコトは「応！」と答える。

「掴まれ橘花！　安心しろお前の荷物もみんな一度に俺が運んでやるからな。大船に乗ったつもりでいるがいい！」

目の前に差し出されたスサノオノミコトの手を、橘花は取る。

「待っ――」

大和が叫ぶ声を遮って、スサノオノミコトの神力が橘花の体を包んだ。

まるで突風みたいな力に翻弄され、橘花は目を閉じる。

次に目を開いた時には、見慣れた柏槇神社の本殿にいた。

磨きこまれた板張りの床を、電気の光が照らしている。

「橘花！」

そこには父が待っていた。

夜も遅いのに宮司衣装に身を包んだままの父は、橘花を見てホッとしたような声をあげる。

「よかった。よろず屋にツクヨミノミコトさまが現れたと聞いて、生きた心地がしなかったよ。……何事もなかったかい？　まさかこんなことになるなんて、思ってもいなかった。もう借金は返し終わったということだし、二度とお前をこんな目に遭わせはしないよ。……ゆっくり休みなさい」

橘花を労る父の声が耳を通り過ぎていく。

（帰った。……帰ってきてしまったんだわ、私は）

なんだかとても疲れていた。

「うん。……もう寝るわね」

橘花は力なく声を出すと、トボトボと本殿を出る。

今は、ひとりになりたかった。

「スサノオノミコトさま、……いったい橘花はどうしたのですか？」

「うむ。実はな――」

父とスサノオノミコトが話す声に注意を向けることもなく、夜の境内を歩いて家に向かった。


その後。橘花の日常はよろず屋に行く前に戻った。

神社の巫女の仕事をしつつ家事も担い、並行してハローワークで職探しをする。

失恋くらいで、立ち止まってなんていられない。

（私はそんなに弱くないわ）

以前と同じように過ごしているつもりの橘花だが……何故か、いろんな人から心配されることが増えた。

「そんなに一生懸命境内の掃除をする必要はないからね」

「料理はママがするから、あなたは座っていて」

「貸せよ！　力仕事は俺がやる」

父、母、弟の順の言葉である。

特に、五歳年下の弟は高校生の生意気盛り。今まで姉に反発することはあっても手伝ってくれることなど皆無だったのが、この変化である。

「何かおかしなものでも食べたの？」

「姉貴じゃあるまいし、んなもん食べねぇよ。……びしょ濡れの犬みたいな情けない顔をしやがって、見てらんねぇんだよ！」

言うだけ言った弟は、橘花が運ぶはずだった二リットルペットボトルの水、九本入りの箱を重そうに持って去っていく。

（ぎっくり腰にならないといいけれど）

台車で運ぶつもりだった橘花は、心配しつつも弟を見送った。びしょ濡れの犬と同じ顔だと言われて、手伝ってあげられるほど心は広くない。

大きな、大きなため息をつく。

そのまま歩いて、ご神木の柏槇の木陰に入った。

今日は月曜なので境内に人気はなく、閑散としている。

ちなみに、弟は日曜にあった文化祭の代休だ。休みなのに家にいるあたり、彼女はいないに違いない。

見上げると、梢が風に吹かれて、サヤサヤと音を立てた。

（大和さんは無事かしら。……会いたいな）

ボーッと思う。

あんまり深く考え出すと不安でいてもたってもいられなくなるので、ほどほどに。

(大丈夫よね。アマテラスオオミカミさまがついているんだから。……ああ、でも顔が見たいな)

よろず屋から家に帰ってきたのは金曜の夜。それからまだ三日と経たないのに、会いたくて会いたくて、たまらない。

恋をするというのはこういうことなのだと、しみじみ実感した。

ふわりと、稲穂の香りが漂ってくる。

神社では新嘗祭などを行うため、橘花は稲穂の香りを知っていた。

心が落ち着く自然の香りだ。

「——こんにちは、橘花さん」

同時に、美しい声がした。

視線の先に、声に劣らず美しいひとりの女性が佇んでいる。

長い黒髪と白い肌。黒く大きな瞳にすっと通った鼻筋。背はあまり高くなくほっそりとしているのに、儚い感じはしない。

赤く小さな唇が、ほわりと笑みを刻んだ。

「クシナダヒメさま?」

橘花に優しく笑いかけているのは、スサノオノミコトの妻、クシナダヒメだった。

クシナダヒメは別名クシイナダヒメと呼ばれる稲田の神。

道理で稲穂の香りがしたわけだ。

「どうしてこちらへ？」

「スサノオさまから、橘花さんが鬱いでいるようだから元気づけてほしいと頼まれたのよ」

「スサノオさまが？」

「ええ。ご自分では橘花さんを上手く慰められないだろうからと……ああ見えて、今回のことについては反省しておられるのよね。叱られるのを覚悟で、私に洗いざらい告白して、橘花さんのために頭を下げられたわ」

フフフと、クシナダヒメは上品に笑う。

それは、暴れん坊でプライドの高いスサノオノミコトとしては信じられない行動だ。

「洗いざらい話されたのですか？」

「ええ。……借金についてはきちんと叱って罰を与えておいたので、安心してくださいね」

どうやら、自分の借金の件まで、全部すっかり話したらしい。

「罰？」

「ええ。……私、十年間、スサノオさまとは口をきかないことにしました」

サラリと話された内容に、橘花は驚く。

「十年間！　……ですか？」

それは、あまりに長すぎないだろうか？

クシナダヒメ命！　のスサノオノミコトが死んでしまいそうだ。

「あら、足りなかったかしら？　やっぱり百年間にしたほうがよかった？」

橘花はブンブンと首を横に振った。やはり神さまの時間感覚は、人間とはかけ離れている。

「なら、十年経ったところで反省具合を確認して、ダメだったらもう十年延長するっていう方法ではどうかしら？　それなら百年と言わず永遠に延長できそうよね？」

おっとりと笑うクシナダヒメが鬼畜すぎる。

「それに、なんとなくまだ肝心なことを話していない気もするし……二百年くらいなら余裕で延ばしてやってもいいわね」

橘花は心の中でスサノオノミコトに合掌した。

心が折れないといいのだが。

「……だからね、橘花さん。あなたも私に洗いざらい心の内を吐露(とろ)してみない？」

「え？」

「スサノオさまのお話では、どうしてあなたがよろず屋の店主をそんなに怖がったのか、わからなかったのよ。……まあ、なんとなく予想はつくけれど……いつまでも想いを心の内に隠しておいても、腐らせるだけでしょう。それくらいなら私に打ち明けて、楽になってみない？」

クシナダヒメの提案に、橘花は見る見る頬を熱くする。

「……私って、そんなにわかり易いですか？」

家族全員に心配され、スサノオノミコトのみならずクシナダヒメにまで面倒をかけている。

つまり橘花の様子は、誰もがわかるほどにいつもと違っているのだ。

そしてその理由をみんな薄々察している。

クシナダヒメは小さく首を横に振った。

「そうではないわ。橘花さんの態度は普通よ。ただ、みんな橘花さんが好きだから、ずっとあなたを見ているの。そして、いつもと違うあなたに気がついてしまうだけ。私も、スサノオさまも、他の皆さんも、みんな橘花さんにはいつでも笑っていてほしいと思っているのよ。『幸い給え』とね。……ねぇ、あなたの心の中のその想い、私に話してみない？」

楚々とした美女であるクシナダヒメだが、ヤマタノオロチを征伐する際は、櫛に我が身を変えてスサノオノミコトに同行したほどの行動力を持っている。

そんな女神に水を向けられて、橘花が話さないでいられるはずはなかった。

結果、よろず屋に出向いてからのあれやこれやの出来事や、ついには大和への想いまで打ち明けてしまう。

「……そう。橘花さんが恋を」

すべてを聞いたクシナダヒメは、ホーッと深い息を吐いた。

「……こ、恋！」

橘花は激しく動揺する。

自覚はあったが、あらためて他人の口から聞かされると、気恥ずかしい。

「あの小さかった橘花さんが……いじめっ子にいじめられ仲間外れにされて泣いていたあの女の子が……恋！」

――いや、その誤解されるような物言いは、やめてほしい。

(だって、私がいじめられて泣いていたのは、いじめられたのが悲しかったんじゃなくて、いじめてきた子が悉く(ことごと)スサノオさまの仕返し――カラスにフンを落とされたり、犬のウンチを踏んでしまったり――に遭う(あ)から、それを止めたくて泣いて抗議していただけだもの！)

それだけでなく、『橘花をいじめた子がひどい目に遭ったのは神社の呪いに違いない』などと言いふらして橘花を仲間外れにした男の子は、一日行方不明になるという事件まで起こった。

おそらく神隠しに遭ったのだろう、発見された男の子は橘花にひどく怯えていた。

（いくらなんでもやりすぎよ！）

しかし、橘花が何と抗議してもスサノオノミコトは、『あの程度、大したことではない。もっと恐い目に遭わせてやってもいいのだぞ』と開き直るばかり。

子どもだった橘花には、泣いて拗ねることでしかスサノオノミコトを止められなかっただけだ。

（……そう思えば、私が恋愛事から遠ざかっていたのって、スサノオさまを始めとした神さまたちが過保護すぎたせいじゃないかしら？）

たとえば、橘花が誰かに恋をして想いが通じて恋人同士になったとする。その相手と上手くいっている間はいいだろう。寄坐になれる巫女とその血筋を大切にする神々は、きっと橘花の彼氏も大切にしてくれる。

しかし、ひとたびケンカ別れでもしようものなら。

（きっと、ありとあらゆる天災が私をフッた相手に降りかかるに違いないわ！）

オーバーだと笑うことなかれ。神々なら、きっとやる！

特に、スサノオノミコトなら百パーセント完遂すること間違いなしなのだ。

それくらいに、橘花は神さまから好かれている自信があった。

（まったく、全然、望んではいないんだけど）

こんな事情があって、橘花が恋などできるはずもなかったのだ。

（だから、私は恋に奥手になったのよ！　おかげで、今の自分の感情をどうしていいのかわからないなんて状況になっているんだわ！　大和さんを心配したり、嫉妬したり……もう、心の中がグチャグチャよ！）

「……恋ってこんなに苦しくて切ないものなんですか？」

橘花は悄然として尋ねた。

「まあ！　まあまあ！　橘花さん！　その通りよ！」

クシナダヒメがテンション高く肯定する。

違うと否定してほしかった橘花は、ますます項垂れた。

クシナダヒメはそんな橘花の傍に来て、ギュッと抱き締める。豊かな胸のクッションが素晴らしくけしからん！

「恋とは、身を切るようにやるせなく、辛いもの。けれど、同時にとてつもない喜びも与えてくれるものなのよ。……橘花さん、あなたもそのよろず屋の店主さんを想うとき、そんなふうに思えるのではなくて？」

橘花の脳裏に大和の笑顔が浮かぶ。優しく笑いかけてくれる声も一緒に思い出した。

途端、胸がドキドキと高鳴っていく。心と頬が熱くなる。

「……あ」

「ウフフ、その顔を見れば一目瞭然ね。橘花さんがその人にベタ惚れなのは間違いないわ！」

「……ベタ惚れ」

頬がますます熱くなった。

クシナダヒメが両手をパンと打ち鳴らす。

「よかった。橘花さんのお相手もアマテラスオオミカミさまのご加護を持つ方なら、不足はないわ。……たぶん、スサノオさまもこうなることを見こんで橘花さんをよろず屋に向かわせたはずよ」

「え？」

橘花はポカンとした。

「スサノオさまが？」

まさか、そんな企みをしていたのか？

「ええ。そうでもなければ、借金返済なんて愚にもつかない理由で、大切な橘花さんをひとり暮らしの男性のもとに送りこんだりしないはずだもの。あの人の橘花さんへの愛情は、溺愛パパと言っても過言ではないくらいなのよ」

その場合、自分は溺愛ママだと言って、クシナダヒメは笑う。

いやいや、あんな乱暴者の父親は欲しくなかった。

「そうでもないと思いますけど」

「そうに決まっているわ！　なんなら本人に聞いてみる？　きっと今も気になって、私たちの会話を盗み聞きしているはずだから」

たしかに、スサノオノミコトならやりかねない。

橘花はキョロキョロと周囲を見回した。

クシナダヒメが耳元に赤い唇を寄せてくる。

「私は口をきかない罰を続行中ですからね。橘花さんが呼んでみてくださいな」

「……えっと、その罰をやめてあげるって言えば、スサノオさまはすぐに現れて、あることないことみんな喋（しゃべ）ってくれるんじゃないですか？」

「あら、これくらいで許したら罰にならないじゃない。……ともかく、呼んでみて。呼んでも来ないようなら、十年を千年に延長するわよって、言ってみてもいいかも――」

その言葉を言い終わるか終わらないかのうちだった。

「うわぁぁ～！　話す！　何でも話すから、これ以上の延長はやめてくれぇ～！」

情けない泣き声をあげて、その場にスサノオノミコトが現れる。

やはり、盗み聞きしていたようだ。

「予想が当たりましたね？」

「ホント、最低な神さまだわ」

ヒソヒソと橘花とクシナダヒメは話す。どんなに小さな声でも、スサノオノミコトには丸聞こえ。

「謝る！　謝るから、延長だけは勘弁してくれ！」

土下座せんばかりに地面に両膝をつき、スサノオノミコトは謝った。そこには、日本神話屈指の英雄神の影も形もない。

橘花とクシナダヒメにジロリと睨まれて、ビクッと震えた。

「橘花さん、早く聞いてみて」

クシナダヒメに促されて、橘花は口を開く。

「スサノオさまが私をよろず屋に行かせたのは、私と大和さんを……その……えっと」

「お見合いさせるつもりだったのかって、聞くのよ」

「ええっ！　お見合い？」

橘花はびっくりした。

「違う！　断じて違う！」

スサノオノミコトは首をブンブンと横に振る。

「嘘仰い！　どうしたってそうとしか思えないわ！　――って、聞いてみて」

「違うと言っているだろう！」

クシナダヒメの言葉を橘花が伝える暇もなく、スサノオノミコトが答える。

間に入る必要はどこにもなさそうだ。

スサノオノミコトは続けて叫んだ。

「そもそもお見合いなんて必要ないんだ！　――橘花はよろず屋の店主であるヤマトタケルノミコトがずっと待ち望んでいた、オトタチバナヒメが転生した人間なんだからな！」

「……へ？」

「え？　えええええ〜っ!!」

橘花とクシナダヒメは驚愕して大声を出した。

「橘花さん、あなたはオトタチバナヒメでしたの？」

「ち、違います！」

「そうだ！」

クシナダヒメの質問に、橘花とスサノオノミコトは、まったく正反対の言葉を返す。

スサノオノミコトがズズイッと前に出た。

「橘花はオトタチバナヒメだ。もちろん俺も最近まで知らなかったんだが。……教えてくれたのは姉上だ。よろず屋の借金を帳消しにする代わりに、橘花を店主のところに送れと言ってきた」

なんと、橘花がよろず屋に赴（おもむ）いたその時点で、スサノオノミコトの借金はなくなっていたらしい。

「俺は、最初は断った。いくら姉上の御言葉とはいえ、橘花を売るような真似はしたくなかったからな。……でも、よろず屋の店主がヤマトタケルノミコトで、もう二千年ほどもオトタチバナヒメが転生してくるのを待ち続けているのだと聞いて……なんだか可哀相になったんだ。せめて一度くらいは、橘花に出会う機会を与えてやってもいいんじゃないかと思った」

スサノオノミコトは愛妻家だ。もしも自分がヤマトタケルノミコトのようにクシナダヒメを失ってしまったらと考えて、同情したのだという。

「……ただ会わせるに当たって、橘花がオトタチバナヒメだってことは、橘花にもヤマトタケルノミコトにも伝えないでほしいと姉上に条件をつけた。橘花には、おかしな先入観なしに今のヤマトタケルノミコトを見極めてほしかったからな。いくら前世がオトタチバナヒメでも、今の橘花は橘花だ。前世に縛られる必要はない」

……スサノオノミコトがカッコイイ。

（いつもこうならいいのに）

そんな橘花の内心には気づかずに、英雄神は言葉を続けた。

「それに、ヤマトタケルノミコトのほうも、最初から橘花がオトタチバナヒメだとわかっていたら、なりふりかまわず橘花を囲いこもうとしてくるからな。橘花は恋愛事に疎い。男に本気で迫られて逃げられるはずがない。俺は橘花に時間の余裕を与えたかったんだ！……でもまあ、その努力も空しく、ヤマトタケルノミコトはすぐに気づいてしまったんだが」

スサノオノミコトがガックリと項垂れる。

橘花が恋愛初心者なのは、そもそもスサノオノミコトのせいだ。自業自得以外の何者でもない。

残念がるスサノオノミコトの隣で、橘花は混乱していた。

「私は本当にオトタチバナヒメなんですか？　そして、大和さんがヤマトタケルノミコト？　……そんなことってあるの？　……それに、大和さんがそのことに気づいていたなんて」

どうにも信じられない。

だって橘花には、自分がオトタチバナヒメだったという記憶なんて、まったくないのだ。

自分は自分。柏槇神社の娘だとしか思えない。

（全然覚えていないなんて、あり得るの？）

いくらスサノオノミコトの言葉でも信じられなかった。

（しかも、大和さんがヤマトタケルノミコトだなんて）

ヤマトタケルノミコトは橘花もその伝承を知るくらい有名な神さまだ。

オトタチバナヒメというのが間違いなくヤマトタケルノミコトの妻だということも知っている。

（漫画とかにもなっている有名な神話なんだもん。……たしか、ヤマトタケルノミコトを助けるために、オトタチバナヒメは荒れる海に飛びこんだのよね？）

そこまで考えて、ふと、別れる前に交わした大和の言葉を思い出した。

『……お前にだけは、言われたくないな。勝手に俺を守って、俺を置いていった、お前にだけは』

彼はそう言っていた。

あの時は、何のことかわからなかったが――大和がヤマトタケルノミコトで、橘花がオトタチバナヒメなのだとしたら、言葉の意味がよくわかる。

同時に、ズキンと胸が痛んだ。

（大和さんは……ヤマトタケルノミコトは、あの時からずっと、オトタチバナヒメが転生してくるのを待っていたの？）

よろず屋で橘花は、大和が知らないうちに自分を守っていたことに激怒した。

守ろうとして突き放す彼の優しさに怒り、何もできない自分が泣きたいくらいに悔しかったから。

その時の自分の気持ちと、オトタチバナヒメに守られ彼女を喪ってしまったヤマトタケルノミコトの気持ちを重ね合わせる。

(きっと、彼も悔しかったわ。……そして悲しかった。……私の何倍、ううん何十倍、何百倍も)

そして、ヤマトタケルノミコトは待つことを選んだのだ。

ずっと、ずっと……いつになるかも知れないオトタチバナヒメの転生を……大和として。

その間、約二千年。

(そんなにも、私を待っていたの)

突然、橘花の心の奥底から歓喜の思いが浮かび上がった。

同時に、堪えきれない切なさも。

体が、震えた。

涙が、こぼれる。

(……これは、何？　こんな感情、私は知らない)

そう思いながらも、確信した。——これはオトタチバナヒメの〝想い〟だと。

忘れ去り、転生の果てに消えてしまったはずの彼女の〝想い〟が、魂の奥底から溢れてくる。

(私……本当に、オトタチバナヒメだったんだ)

そう、実感した。

滾々と湧き出る泉のように尽きせぬオトタチバナヒメの〝想い〟が、橘花の中を満たしていく。

それは、元々あった大和への〝想い〟と、とてもよく似ていた。

(さっきは知らないって感じたけど……でも、違う。ヤマトタケルノミコトさまに待ってもらえていて嬉しいと思うオトタチバナヒメの〝想い〟と、大和さんに大切にされて、それゆえに遠ざけられて、悔しくて、悲しくて、どうしていいかわからない私の〝想い〟は、同じものなんだわ)

どちらも根底にあるのは、大和への——ヤマトタケルノミコトへの、愛情だ。

よく似ていたわけではない。同じだった〝想い〟は、気づいた途端ひとつになった。

そして、その〝想い〟は、はっきりとした〝意思〟となる。

「——スサノオさま、私、大和さんを助けに行きます！」

「は？　橘花ぁ⁉」

突然の宣言に、スサノオノミコトが驚き慌てた。

「まあ！　それでこそ橘花さんだわ！」

一方、クシナダヒメは大喜び。

「黙って待つだけだなんて、今のご時世ナンセンスですもの！　ここは敵地に乗りこんで、ガツンと一発言ってやらなければなりませんわ！」

敵地というのは不明だが、黙って待つのが嫌なのはその通り。

そんなこと、やっぱり橘花にはできない。

「いや、待て！　待て！　待て！　あの執着心の塊のようなヤマトタケルノミコトが、一度懐に入れた橘花を返してきたんだぞ！　それだけよろず屋は危険だということだ。兄上を——ツクヨミノミコトを甘く見てはならぬ！」

スサノオノミコトが大きく手を振り止めた。

そんなことはわかっている。

スサノオノミコトの言うことは、きっと正しい。

橘花を守り切る自信がなかったから、大和は彼女をスサノオノミコトに預けたのだ。

つまり、それだけ大和は命の危険に晒されているということ。

それがわかっているだけに、橘花は待ってなどいられなかった。

「ツクヨミノミコトさまを甘く見ていないからこそ、私はよろず屋に戻りたいんです。……大和さんはヤマトタケルノミコトなのでしょうけど、今は人間として暮らしています。いくらアマテラスオオミカミさまのご加護があっても、ツクヨミノミコトさまと戦って勝てるとは思えません。大和さんひとりでは危険だから……だから、私が行くんです！　――だって、私はスサノオさまの巫女だから！」

「……橘花」

スサノオノミコトが拍子抜けしたような顔になった。

「いや、その発言は嬉しいが……そこは『私はオトタチバナヒメだから！』とか言うんじゃないのか？」

橘花は首を横に振る。

「オトタチバナヒメが今のよろず屋に行ったたって何もできません！　……彼女は無力でしたから。だから、ヤマトタケルノミコトさまの身代わりになって、生贄になるしかなかったんです。……でも、今の私は違います！　私は、スサノオさまの巫女ですもの。私が行って戦えば、スサノオさまは当然私の味方をしてくれますよね？」

しなければただでは置かないという脅しを籠めて、橘花はスサノオノミコトを睨む。

「あ、ああ……いや、それは、もちろんそうするが……え？　でもそうすると、俺は、姉上と兄上の喧嘩に巻きこまれることになるんじゃないか？」

ブツブツ呟き出したスサノオノミコトを、クシナダヒメが肘打ちする。

「ぐぉっ！」

見事脇腹にヒットして、スサノオノミコトは悶絶した。

「もちろんよ、橘花さん！　私だって橘花さんの味方になりますもの！　……そうだ！　この際だから、ムナカタサンジョシンさまたちにも来ていただきましょう！　あの方たちも橘花さんのことはお気にかけていらっしゃいましたから」

前にも言ったように、ムナカタサンジョシンとは、スサノオノミコトとアマテラスオオミカミが誓約をしたときに生まれた美人三女神だ。タキリビメノミコトとイチキシマヒメノミコト、タギツヒメノミコトという海の守護神で、スサノオノミコトにとっては娘も同然。クシナダヒメとも仲がいい。

「へ？　あ、いや、待ってくれ！　あの女神たちが来ると、姦しすぎて、事件の収拾がつかなくなってしまう！」

一瞬で肘打ちから復活したスサノオノミコトが、焦って声をあげた。

「だからいいのですよ。ツクヨミノミコトさまも、ムナカタサンジョシンさまたちを苦手にしておられましたでしょう？　――って、スサノオさまに言ってくださる？」

……どうやら、十年間口をきかない罰は、まだ続行中らしい。

すぐ近くにいるのに橘花を間に入れて話そうとするクシナダヒメを見て、スサノオノミコトはまたガックリと崩れ落ちた。

「……まあ、たしかに兄上とムナカタサンジョシンの相性は最悪なんだが」

イジイジしながら、そう呟く。

「そうでしょう！　それに、そうだわ、タカオカミさまとホンダワケノミコトさま、アメノヒワシノカミさまにもお声をかけましょう！　御三方とも橘花さんのことをとても気にしていらっしゃいましたもの！」

今度は橘花が驚いた。

「そうなんですか？」

「ええ。今回の件では、橘花さんもよいご縁をいただいたようね」

クシナダヒメにそう言われ、橘花はコクンと頷く。

よろず屋の借金の取り立てなどで出会った神さまたちは、みんな橘花に好意を持ってくれたらしい。

優しい神々を思い出し、橘花の心は温かくなる。

「行きましょう！　スサノオさま。ここで行かなきゃ女が廃ります！」

胸をドン！　と叩いて宣言した。

「ああ……俺の巫女が、男前すぎる。……しかし！　そんな橘花も俺は好きだぞ！　よし！　やるぞ！　やってやる！　兄上がなんぼのもんだ！　俺はやるぞ橘花！」

スサノオノミコトが復活した。

ガハハと笑うその姿に、単純な神さまでよかったなぁと橘花は思う。

何はともあれ、大和を助ける態勢は整った。後は行動あるのみだ。

（……待っていて、大和さん！　絶対、何がなんでもあなたを助けてみせるから！）

橘花は心に誓った。


とはいえ、橘花たちがすぐによろず屋に殴りこむ――というわけにはいかなかった。

なんでもよろず屋には、アマテラスオオミカミ特製の結界が張り巡らせてあるそうで、招待されない神は何人たりとも入れぬようになっているのだそうだ。

先日スサノオノミコトが易々と出入りできたのは、あらかじめ大和が招いたから。そうでなければ、勝手に入ることは不可能なのだという。

「え？　でもこの前、ツクヨミノミコトさまは店先とはいえ、入ってこられていましたよ？」

「……お前、『いらっしゃいませ』とか言わなかったか？」

言われて、思い出す。

「……言ったかもしれません」

いや、たしかに言った。

でも、あれはお客さまに対する条件反射で出た言葉。ああいうのは、ノーカウントにするのが、普通ではないだろうか？

　ともかく、そんな理由で直接よろず屋に乗りこめなかった橘花たちは、商店街にあるアメノヒワシノカミの神社に、一旦集まることになった。

「久しぶりね」

　最初に現れたのは、龍の姿のタカオカミ。背中にはノヅチが本体のまま乗っている。

「お久しぶりです。このたびはご助力ありがとうございます！」

　頭を下げる橘花に、タカオカミは「いいのよ」と笑った。

「むしろ、私のほうが謝らなくっちゃいけないかもしれないわ」

「え？」

「実は……クラオカミが、ツクヨミノミコトさまのほうについちゃったのよね」

　クラオカミも雨の神。タカオカミと同一神として扱われることもあるが、タカオカミが高い山の頂上に降る雨だとしたら、クラオカミは深い谷底に降る雨。

　似ているようで、二柱の神はまったく別の存在だ。

「クラオカミさまが？」

「そうなの。アマテラスオオミカミさまはあんまり眩しすぎで苦手みたいなのよね。自分にはツクヨミノミコトさまの昏さのほうが居心地いい、とか語っちゃって」

　それはいかにもありそうな話だ。

「……まさか、そういう陰キャな神さまって、他にもいるのですか？」

橘花の不安は的中した。

その場にホンダワケノミコトが現れる。

「橘花さん、すまない！」

開口一番謝られて、まずい話だとわかった。

「タイラノマサカドがツクヨミノミコトについてしまった！」

タイラノマサカドは人間から神となった平安時代の人物だ。反乱を起こし討伐されたのだが、討ち取られた首だけで空を飛んだと伝えられている。

その後、祭られ厄除け（やくよ）の神さまになったのに、反骨精神は生前と変わらず、今回ツクヨミノミコトが神々の頂点に立つアマテラスオオミカミに逆らったことにいたく同調したという。

「ひょっとして、そういう神さまは多いのですか？」

「多くはないが、スガワラノミチザネとかニッタヨシオキとか……権力者によって謀殺された神の何柱かは、ツクヨミノミコトの下についたな」

たいへん由々しき事態だった。

これではただの姉弟ゲンカにとどまらず、神々の多くを巻きこんだ全面戦争になってしまう。

まあ、アマテラスオオミカミとツクヨミノミコトの争いをただの姉弟ゲンカと言っていいかどうかは、わからないが。

「これ以上参戦する神さまが増えないうちに、よろず屋に乗りこみましょう！」

橘花の言葉に、スサノオノミコトが頷いた。

「ああ、敵がどれほど増えようと恐るるに足らないが、兄上ばかりがモテると姉上の機嫌が悪くなるからな。……姉上の悋気ほど怖いものはない！」

恐れるのは、そこなのか？

そもそも、神々がツクヨミノミコトに味方することをモテると言っていいのか？

ともかく、急いだほうがいいと思った橘花は、よろず屋へ向かう。まずは、彼女がよろず屋の内に入り、スサノオノミコトや他の神々を呼ばなければならない。

アメノヒワシノカミの神社からよろず屋へは、角を二回曲がって五分ほど歩くだけ。走れば三分以内に着けると思ったのに――気づけば、橘花は神社に戻ってきていた。

「え？　どうして？」

「フム。どうやらクナトノカミの結界が張り巡らせてあるようだな」

スサノオノミコトが目を眇めて周囲を見渡す。

クナトノカミは外敵を防ぐ神だ。村境や分かれ道で、悪鬼や疫病の侵入を阻止してくれる。

「他の人間が騒いでいないところを見ると、対象は橘花限定だろう。ヤマトタケルノミコトはよほどお前を近づけたくないらしい」

それは、橘花を守りたいがゆえの行いだ。

危険な目に遭わせたくないのだろうが……腹が立つ！

橘花はもう一度よろず屋へ向かって走り出した。しかし、当然のように神社に戻ってくる。

もう一度試してみたが、結果は変わらなかった。

「もう！　もう！　大和さんったら、勝手に守られたことをあんなに怒っていたくせに、私にも同じことをするなんて、勝手すぎるわ！」

オトタチバナヒメの言えたことではないのかもしれないが、今の橘花は橘花だ。両手で拳を握り、思いっきり叫ぶ。

「——橘花さん！」

そこに、大きな声がかかった。

「え？　……あ、陽葵ちゃん！」

声の主は、甘味屋の娘の陽葵。学校帰りなのか、制服に身を包んだ美少女が、目を見開いて橘花を見つめてくる。

「うわぁ！　本当に橘花さんだわ！　もうもう、橘花さんったら、急にいなくなって今までどうしていたんですかぁ～！」

破顔一笑。まさしくひまわりの花のように笑った陽葵は、橘花に飛びついてきた。

「大和さんに聞いても全然教えてくれないし、……ママも商店街のおばさんたちも、喧嘩して実家に帰ったんじゃないかって、心配していたんですよ！　相談してもらえれば、みんなで大和さんを締めるなり吊し上げるなりできたのにって、残念がっていました！」

「え？　いやいや、そういうのじゃないし！　大丈夫だから、心配しないで！」

橘花は焦ってそう言った。締めたり吊し上げたりするのは、やめていただきたい。

「え～？　ホントですかぁ？」

なんだか陽葵は残念そうだ。彼女も商店街のマダムたちも大和の大ファンだったはずなのに、いつの間にこんな塩対応になったのだろう？

しかし、今はそんなことを悩んでいる場合ではなかった。

陽葵に出会えたことは、絶好のチャンス。

「陽葵ちゃんはこれから家に帰るところ？」

「はい、そうで～す」

「よかった。じゃあ、一緒に行きましょう！」

クナトノカミの結界は、橘花限定。陽葵に影響が及ぶことはない。つまり、目の前の美少女に連れていってもらえれば、橘花はよろず屋に辿り着けるはずなのだ。

「陽葵ちゃん。手を繋いでもいい？」

「えぇ～っ！　橘花さんと手を繋げるなんて、陽葵、嬉しい！　もちろんオケです！」

憧れの橘花から手を差し出された陽葵は、喜び勇んで手を握り返してくれる。

その勢いのままグイグイと橘花を引っ張り歩き出した。

「橘花さんが急にいなくなって、陽葵、すごく寂しかったんですよぉ。もう絶対急にこんなことしないでくださいね！」

甘えた全開で言ってくる。

「ありがとう、陽葵ちゃん。大丈夫よ。もう二度といなくなったりしないから」

そう。大和のもとに帰ったら、今後は絶対離れない！

(嫌だと言ってもひっついて、ずっと一緒にいるんだから！)

橘花は心に誓う。

そのためにも、まずはツクヨミノミコトを何とかしなければならなかった。

嬉しそうに話しかけてくる陽葵の声を聞き流し、橘花は上空に目を向ける。

そこには、橘花以外の誰にも見えないが、スサノオノミコトを始めとした神々が飛んでいた。

勇壮にして優美。悠々と空を行く神々の姿は、橘花に勇気を与えてくれる。

（大丈夫。よろず屋に入ってすぐにスサノオさまたちを呼べば、絶対何とかなるわ！）

橘花はそう信じた。

その後、橘花は無事によろず屋に到着した。

濃紺の日よけ暖簾と、木目の美しい木の看板。古い木造二階建ての店舗は、パッと見いつもと変わらない。

（店先に大和さんがいないのも、いつも通りだしね）

しかし、スサノオノミコトの加護を受けた橘花には、店全体を濁った靄みたいなものが覆っているのがよく見えた。

十中八九、ツクヨミノミコトの結界だろう。

その証拠に、結界などまったく見えるはずのない普通の人間も、誰ひとりとしてよろず屋に近づこうとしない。みんな店先を通り過ぎるばかり。

いつもなら橘花についてくる陽葵でさえ、橘花がよろず屋に足を向けた途端、「じゃあ」と言って、あっさり自分の家に帰っていった。

それもそのはず、スサノオノミコトの守護のおかげで結界の効かない橘花でも、ドヨドヨと淀む靄はとても気持ち悪く、すすんで触れたいとは思えない。

（ううん、そんなこと言っていられないわ！）

自分に活を入れた橘花は、もう一度空を振り仰いだ。

クシナダヒメにムナカタサンジョシン、タカオカミとホンダワケノミコトとアメノヒワシノカミや、他にも話を聞いて集まってくれた多くの神々と目を合わせる。

錚々たる顔ぶれの先頭に、スサノオノミコトがいた。

「橘花、迷うな！　……いや、迷ってもいい。ただ、その後にお前の踏み出す一歩目は、自分が一番進みたい道を選ぶんだぞ！」

そうは言われても、ここまで来ればよろず屋の店内には、あと一歩。どう考えても迷う道などありはしない。

いったい何を言っているのかと思ったが、橘花は素直に頷いた。

相手が神々ならば、どんなことでも起こり得るからだ。

神さまの助言は、些細なことであっても傾聴するに値する。

「スサノオさま、他の皆さま、私が呼んだらすぐに出てきてくださいね！」

橘花の呼びかけに、すべての神が「応！」と声を揃えた。

覚悟を決めて、橘花は足を前に踏み出す。

そして、次の瞬間――世界は暗転した。

「……ここは、どこ？」

真っ暗で何も見えない空間で、橘花は立ち竦む。

己れの手も足も見えない、真正の闇だ。

ひょっとしたら、ここはツクヨミノミコトが支配する宵闇の空間かもしれない。

朝も昼もやってこない、永遠に夜の世界。

(ううん！　違うわ！　たしかに私はツクヨミノミコトさまの結界の中に入ったけど、その核はよろず屋のはずだもの。よろず屋を覆って張り巡らされている結界が、直接夜の世界に繋がっているはずがないわ！)

よろず屋はアマテラスオオミカミの支配を受ける領域だ。昼と夜の間には薄暮がある。どれほどツクヨミノミコトの力が強くても、直接自分の支配領域に連れこむような結界は張れないというのが、神の摂理。

……おそらく、ここは疑似空間なのだろう。ツクヨミノミコトの世界を模した、人を迷わせるための場所なのだと思われた。

(だから、スサノオさまは迷うなって言ったのかしら？)

だとすれば、もっとはっきり警告してほしかったが、神の啓示は曖昧なことが多い。

そしてそれもまた、神の摂理なのだ。

(ホント、理不尽なことが多いのよね)

しかし、今この場で不平不満を漏らしても仕方ない。

そう思った橘花は、スサノオノミコトの助言に従って、迷わぬ一歩を進もうとした。

（私が一番進みたい場所は、大和さんの隣だけだもの。迷ったりしないわ！）

決意をこめて片足を上げる。

しかし、その足を前に出す前に、ひとつの声が周囲に響いた。

「行かないでください！　ヤマトタケルノミコトさま！」

（え？）

行くなと請(こ)われたのは橘花ではないのだが、なんとなく前に進みにくい。

橘花は元の場所に足を下ろして振り返った。

——闇の中に、小さな灯りが見える。

その灯りを囲んで、一組の男女が言い争っていた。

ふたりとも日本神話の世界から抜け出てきたような古式ゆかしい衣装を着ている。

「既(すで)に父君から命が下ったのだ。聞き分けてくれ〝オトタチバナヒメ〟」

男はそう言った。

女は首を横に振る。

「嫌です！　ヤマトタケルノミコトさまは、先日西方の討伐から戻られたばかりではないですか。なのに、すぐに今度は東方の征伐に向かえだなどと。いくら大君(おおきみ)と言えど、あんまりです！」

必死に言い募る女の言葉に、男は悲しげな表情を浮かべた。

「仕方ない。……父君にとって、私は自分の権力を盤石にするための駒のひとつでしかないのだから。使い壊したとしても心ひとつ痛まない道具なのだ」

「そんな！」

「それでも、私は行かないという選択肢を選べない。戦う以外取り柄のない私が、唯一皇子として民のためにできることだからね」

男の言葉を聞いた女は、ワッ！ と声をあげて泣き伏した。

長い黒髪がバサリと床に広がる。

（……オトタチバナヒメとヤマトタケルノミコトだわ。たしかにさっきそう言っていたもの）

橘花は呆然と立ち竦んだ。

実際、仄かな灯りに照らし出された男の顔は、大和にとてもよく似ている。古風な衣装や髪型さえ違えば、大和本人だと言っても差し支えないくらい。

（当たり前か……だって、大和さんはヤマトタケルノミコトなんだもの）

一方、ヤマトタケルノミコトに抱き起こされ、そのまま胸に抱き締められた女性は、橘花にはまったく似ていなかった。

楚々とした優しい顔立ちで、体型も橘花よりかなり華奢。

（儚いって言葉がぴったりな美少女だわ。……この人が、本当に私の前世なの？）

転生したのだ、肉体が違う。顔や体型が違うのも、当然と言えば当然だ。

それでも橘花は釈然としなかった。

（魂は同じはずなのに、顔が違うなんて……元々信じられなかった話が、ますます信じられなくなる）

突如、目の前で繰り広げられたこの場面は、おそらくヤマトタケルノミコトが東方征伐に向かう直前くらいのものだろう。西方の征伐に成功し意気揚々と帰ってきたヤマトタケルノミコトに、父である大君は休む間もなく別の任務――東方の征伐を命じたのだと伝えられている。

「必ず無事に帰ってくるから、どうかここで私を待っていておくれ」

宥めるヤマトタケルノミコトに対し、オトタチバナヒメはがんぜなく首を横に振った。

――この後のオトタチバナヒメのセリフを、橘花は予想できる。

「嫌です！　ヤマトタケルノミコトさまがどうしても行かれると言うのなら、私も一緒にお供します！」

「バカを言うな！　私は戦いに行くのだ。遊びに行くのとはわけが違う！」

「わかっております。……でも、私はただ待っているだけなのは、どうしても嫌なのです。お連れしていただけないのなら、自害いたします！」

「オトタチバナヒメ！」

自分の命を盾としたこのふたりの言い争いが、オトタチバナヒメの勝利に終わるのは覆しようのない過去のこと。

世間知らずの我儘姫の言い分が、まかり通ってしまうのだ。

（……バカだわ。オトタチバナヒメも、そして彼女に負けて同行を許したヤマトタケルノミコトも、ふたりとも大バカよ）

もし今、橘花がふたりを止められたのなら、この後の悲劇を防げるのだろうか？

（歴史を変えることができるの？　……ああ、でもそうしたら、ヤマトタケルノミコト本人が荒れた海に命を散らすのかもしれないわ）

海が荒れた原因を、女性であるオトタチバナヒメが船に乗ったからだとする説もあるが、本当のところはわからない。オトタチバナヒメが同行しなかったからといって、嵐が起きない保証はどこにもないのだ。

（どうしよう？　私はどうしたらいいの？）

橘花は悩む。

このまま見過ごすのも嫌だが、自分の行為でヤマトタケルノミコトが――大和が死んでしまったら、もっと嫌だ。

しかし、そんな悩みそのものが無意味だったということが、すぐにわかる。

予想通りオトタチバナヒメの希望が通って灯火が消えた途端、場面が一転したのだ。

橘花が口を挟む隙など、どこにもありはしない。

あっという間に暗闇は晴れて、今度は明るい昼間の山中の光景になった。

あまりに急な変化についていけず、橘花は呆然とする。

そんな彼女の横を、ヤマトタケルノミコトとオトタチバナヒメの一行が、遮る者など誰もいないかのように通り過ぎていった。

彼らに橘花が見えていないのは一目瞭然だ。それどころか、ぶつかると思った橘花の体は、何の抵抗もなくオトタチバナヒメの体をすり抜けた。

(私ったら、まるで幽霊みたい。……でもそうか、これは過去の映像。今の私はこの場に存在していないのね)

そして、思い出す。ここがツクヨミノミコトの結界の中だということを。

だとすれば、橘花にこの映像を見せているのはツクヨミノミコトだということになる。

(今、こうして過去を覗いているこの事態そのものが、ツクヨミノミコトの謀なのかもしれないわ。いったい、ツクヨミノミコトは何がしたいのかしら?)

橘花に過去を見せて、何を企んでいるのか？

しかし、いくら考えても答えはわからなかった。

ツクヨミノミコトの目的は、アマテラスオオミカミによろず屋の商売をやめてもらうこと。

それと、橘花が過去を見ることの、どこがどう繋がるのか、見当もつかない。

(単純に、スサノオさまの介入を遅らせるための時間稼ぎなのかしら?)

橘花がよろず屋に入らなければ、スサノオノミコトは呼べない。

もしそうなのだとしたら、事実、その策は成功している。

過去のヤマトタケルノミコトとオトタチバナヒメが気にかかる橘花は、動けずにいるのだから。

(でも、そんなつまらない時間稼ぎをあのツクヨミノミコトがするのかしら?)

答えを出せるほど、橘花はツクヨミノミコトを知らない。

ともあれ、時間稼ぎなのだとしたら、目の前の幻影などに目もくれず進めばいいだけだ。うじうじ悩むより、さっさと動いたほうが正解だろう。

そう思った橘花は、目の前の光景から目を離そうとした。

しかしそのタイミングで、なんとヤマトタケルノミコトがオトタチバナヒメに背を差し出す姿が目に入る。

(え?)

「ヤ、ヤマトタケルノミコトさま！　何を？」

「その足ではこれ以上歩くのは辛いはずだ。さあ、早く私の背に乗りなさい」

オトタチバナヒメが履いているのは、革の靴。足首ほどの高さだが、革と素足が擦れたのだろう。赤く腫れ上がり血が滲んでいるのが見て取れる。

たしかに、これでは痛いはずだ。

「いいえ！　私がヤマトタケルノミコトさまに背負われるなど、できません！」

オトタチバナヒメは気丈にも首を横に振る。

夫とはいえ、ヤマトタケルノミコトは皇子で、オトタチバナヒメは一豪族の娘。背負ってもらえる身分ではない。

「意地を張らなくてもいい。最終的にあなたを連れていくと決めたのは、この私だ。ならば私にはあなたを守る責任がある。……さあ、大丈夫だから、早く」

それでもオトタチバナヒメは固辞した。しかし、逃げようとしたところを捕まえられ、最後には押し切られて、ヤマトタケルノミコトに背負われる。

「……すみません。ヤマトタケルノミコトさま」

「気にしなくてもいいと言っただろう。あなたはとても軽いし、それに姫を背負うと、不思議と力が漲ってくる。このまま千里も歩けそうだ」

古代日本の一里は、現代よりかなり短いと言われている。それでも千里が長距離なのは間違いない。

ヤマトタケルノミコトは冗談でオトタチバナヒメの気持ちを明るくしようとしているのか？

（……お優しい御方だったから）

ふたりのやり取りを見ていた橘花の胸は、ジンと熱くなった。

そして、不思議なことにヤマトタケルノミコトの背中の大きさや力強い腕の感触が、実感としてわかる気がしてくる。

（……これは、何？）

その後もヤマトタケルノミコトは甲斐甲斐しくオトタチバナヒメを世話してくれた。

ある場面では馬に相乗りさせてくれ、また違う場面では抱き上げて川を渡らせてくれる。食欲のないオトタチバナヒメのために、自ら消化のよい料理を作ってくれたこともあった。

（……まるで、大和さんみたいなスパダリだわ）

まさしく大和その人なのだから、それも当然なのかもしれない。

橘花はそんなふたりの様子から目が離せなくなった。短い時間でクルクルと変わる場面に目が吸い寄せられる。

ある時は膝丈くらいの草が生い茂る草原の一本道をふたり寄り添い風を避けながら

歩き、またある時は山奥の渓流沿いの道をせせらぎに耳を傾けながら助け合って行軍した。

遠くに見える高い山は、富士山だろうか？

ふたり並んで霊峰に手を合わせるオトタチバナヒメとヤマトタケルノミコトの姿に、胸が詰まる。

（……これは、この感情は、何かしら？　……胸の奥に温かく渦巻く、とてつもなく大切なものを前にしたみたいな……この感情は？）

橘花は考える。

そして、頭が答えを見つける前に、言葉が自然に口をついた。

「……懐かしい」

そう。これは、懐かしいという感情だ。

ヤマトタケルノミコトとふたりで馬上から見た景色や、彼の体の大きさや温かさ。そんな、傍から見ているだけではわかりようもないことが橘花の胸に次々と蘇り、たまらなく懐かしく思うのだ。

朝露に濡れる草の香りも、作ってもらった素朴な料理の匂いも。

馬のたてがみの感触も、長時間の乗馬がもたらす足とお尻の痛みも。

風雨の冷たさにそっと頬を寄せたヤマトタケルノミコトの熱い胸の体温も。

そして、海辺に近づくに連れ強くなった磯の香までもが、懐かしい。

そのすべてを、橘花はありありと思い出すことができる。

（覚えている。……覚えているわ！　……ああ、私は間違いなくオトタチバナヒメだった）

ついに、橘花は確信した。……確信せざるを得なかった。

そして――いよいよ逃げられなくなる。

（私は自分の犯した過ちと向き合わなくてはならないのね）

何故か、そう思った。

ここで最後まで見届けられれば、橘花はオトタチバナヒメの記憶の全部を取り戻せる気がする。

ドキドキと心臓が高鳴るのは、不安だからか？　それとも期待しているのか？

鼓動を抑えたくて、胸の前で両手を握り合わせた。

見つめるその先で、ついに一行は海に漕ぎ出していく。

たちまち風が吹き荒れ、波が踊った。

木の葉のように翻弄される船の上で、人々が泣き叫ぶ。

そして、――必死で止めるヤマトタケルノミコトを振り切って、オトタチバナヒメが海に身を躍らせた。

次の瞬間、橘花も波にのまれる。

（え？　嘘っ！　なんで？　……ぐぅっ！　く、苦しいっ！）

映像を見ていただけなのに、あまりにリアルだ。

水の冷たさも、重さも、間違いなく本物だった。

（……私、オトタチバナヒメになっちゃったの？）

そうとしか思えない。

あっという間に衣服が水を吸い、体にべっとりと張りつく。

水がゴーゴーと渦巻き、逆らうことのできない水流にもみくちゃにされる。

冷たくて、苦しくて、たまらなかった。

泳ぐことなど問題外。それどころか、僅かにもがくことすらままならないほどに身動きがとれない。

必死に息を止めているのだが、どんどん息苦しくなってくる。

（も、もうダメ。……ああでも、ここで水を飲んだら、もう浮き上がれないわ）

少なくとも二千年ほど前は、そうだった。

（嫌よ！　そんなの）

動かぬ手足を必死に動かそうとする。

限界まで、耐えて、耐えて、耐え続けた！

そして、いよいよダメだと思うのと同時に——突如、フッと楽になる。

相変わらず荒れくるう海の中なのに、体が軽くて濡れた感触がなくなった。

普通に息ができるのは、何故なのか？

「……私、助かったの？」

思わず声が出た。

「そうだよ。君を助けたのは、私だ」

聞こえてきた声に驚き、振り返る。

光も射さぬ暗い海があっという間に消え去った。

周囲に何もない空間に、銀の長髪を背中に流した美しい男性が立っている。

橘花は彼を知っていた。

「……ツクヨミノミコトさま」

「久しぶりだね。オトタチバナヒメ」

闇夜のごとき黒い瞳が橘花に注がれる。赤い唇が弧を描いた。

「私が……オトタチバナヒメですか？」

「そうだよ。君はもう前世の記憶を取り戻したのじゃないかな？」

——そうだ。……そうだった。

オトタチバナヒメとヤマトタケルノミコトの過去を辿りながら、橘花は自分がオトタチバナヒメだという記憶を取り戻したのだ。

「……あ！　ヤマトタケルノミコトさまは⁉」

気づいたその瞬間、橘花はヤマトタケルノミコトのことを思い出す。

彼がどうしたのか、ものすごく気にかかる。

ツクヨミノミコトが目を眇めた。

「無事だよ。……どちらもね」

彼が手を一閃させると、ふたつの映像が現れる。

ひとつは、船の上。

船上から今しも海に飛びこもうとしているヤマトタケルノミコトを、配下の兵たちが必死に止めている。

もうひとつは、どことも知れぬ白い空間だった。

橘花も持つ十拳剣に似た剣を持った大和が、目の前のツクヨミノミコトそっくりの男性と戦っている。

「あれは、私の本体だよ。こっちの私は、分身さ。……さすが、ヤマトタケルノミコトだ。完全体ではないとはいえ、私相手に互角に剣を交えているようだね」

心底感心したというように、ツクヨミノミコトは大和を評価した。

たしかに、ガッ！　ガッ！　と、音を立て、ふたりの剣は激しくぶつかっている。

双方とも動きが素早く目で追えないほどで、並々ならぬ力量が感じられた。

「大和さん！」

それでも相手は三貴子と呼ばれるツクヨミノミコトだ。完全体でなくとも、大和が勝てるかどうかはわからない。

不安になった橘花は、そちらに向かって駆け寄ろうとした。

「――おっと、動かないでいてもらおうか。そんなに簡単に行き先を決められたら、興ざめだからね」

そこへ、ツクヨミノミコトが立ちはだかる。

「退いてください！」

「急いては事をし損じる。君には三つの選択肢が与えられるんだから、ちょっと落ち着いてくれないかな？」

パチンと片目を瞑りながら、ツクヨミノミコトはそう言った。

「三つの選択肢？」

「ああ、この後の君の行き先さ」

ふたつの映像の真ん中に立つと、両手を広げる。右手は過去の映像を、左手は現在の映像を指し示した。

そして、右手をスッと伸ばす。

「まずひとつ目は、君が海神の生贄となった過去の世界。――あの瞬間に君を戻せば、ヤマトタケルノミコトはこの後の二千年ほどに及ぶ孤独を回避できる。君の転生をひたすらに待ち続ける必要がなくなるってことだ」

橘花は目を丸くした。

「そんなことができるなんて、信じられません！」

「信じる、信じないは、君の勝手さ。私は選択肢のひとつを君に提示しているだけだからね」

ツクヨミノミコトは楽しそうに笑うと、今度は左手を伸ばした。

「さて、もうひとつは、現在のよろず屋だよ――私とヤマトタケルノミコトが戦っている、まさにその現場だ。こちらはあまりおすすめしないかな？　だって、君が現れたその瞬間に、私は君を殺すだろうからね。……君はその前に愚弟を呼ぼうと思っているのかもしれないけれど、そんな隙をこの私が与えるはずがないだろう？」

ツクヨミノミコトの黒い目が底知れぬ冷たさで橘花を見つめる。

橘花はギュッと拳を握った。黙ってツクヨミノミコトを睨み返す。

「おお怖い。まあ、そういう反抗的な目も、私は好きなんだけれどね」

ツクヨミノミコトはもう一度パチンと片目を瞑った。広げていた両手を自分の胸に当てる。

「最後のひとつは、このまま私のもとにいることさ。――私はこう見えて女性に優しい神だからね。君を大切にもてなしてあげるよ。どんな贅沢もし放題。一緒に面白おかしく暮らさないか？」

世にも美しい月の神が艶やかに微笑んで橘花を誘う。

しかし、橘花は半眼になった。

ツクヨミノミコトといえば、食物の女神であるウケモチを接待が気に入らなかったからと斬り殺したことで有名だ。どこからどう見ても、女性に優しいとは言えない。

「三つ目は絶対に選びません！」

「おや、残念」

少しも残念そうな様子はなく、ツクヨミノミコトは肩を竦めた。

「では、残りは二択だ。――ヤマトタケルノミコトの二千年の孤独をなくす道か、はたまた、二千年の後にようやく出会えた君を喪って、次の二千年へと突き放す道か。……まあ、次がまたあるとは限らないけれどね」

ふたつの映像がユラユラと揺れる。

橘花は少しだけ迷った。

過去の映像の中で、ヤマトタケルノミコトは声を限りにオトタチバナヒメを呼んでいる。

今、彼のもとに駆けつければ、どれほど喜んでくれるだろう。

そう思ったから。

しかし――橘花はその映像から目を離した。

「おや？　そちらを選ばないのかい？」

「ええ。だって私は、彼が呼んでいるオトタチバナヒメではありませんもの」

橘花は橘花だ。

オトタチバナヒメだった記憶を有していても、完全に同じ存在とはなり得ない。

「ふ〜ん。だったら私に斬り殺される道を選ぶんだね？　君に自殺願望があったとは残念だ」

ツクヨミノミコトが小さくため息をつく。

「さて、では私もあちらに戻るとしようかな。今、この場で君を殺してもいいけれど、それではヤマトタケルノミコトの絶望に染まった顔が見られないからね。……じゃあ、またね」

片手をひらひらと振ると消え去った。

映像もいつの間にかたったひとつ、大和とツクヨミノミコトが争うものだけになっている。

（これじゃ迷いようがないわ。……まあ、元々、迷うつもりもなかったけど）

スサノオノミコトは橘花が一番進みたい道を選べと言ったのだ。

その道が残されたのだから、躊躇うことなど何もない。

「行くわ！」

橘花はたったひとつ残ったその光に向かって走り出した。


——そして。

ものの数歩も進まないうちに、橘花の目は光に眩む。

ツクヨミノミコトの結界を通り抜け、よろず屋の結界内に入ったのだ。

同時に、服の下につけていたペンダントを取り出した。

そのトップについているのはスサノオノミコトからもらった十拳剣。

取り出すと同時に元の形になった剣を、両手で横に持ち体の前で盾とする。

この間、他には目もくれない。周囲を確認する暇などないのだ。

直後、予想通り、ガンッ！　という、半端でない衝撃が橘花を襲った。

剣ごと体を吹き飛ばされる。

ドゥッ！　と、白い地面に叩きつけられ、一瞬息が止まった。

「グッ！　……ゲホッ、ゲホッ！」

「へぇ～？　あれを受けたの？　しかも生きているなんて、君、ホントに人間かい？」

感心したような呆れ声は、ツクヨミノミコトのもの。

たった今、橘花に殺意の籠もった一撃を見舞ってくれた張本人だ。

本当に、まったくもって、容赦がない！

まあ、それゆえに真っすぐ急所を狙ってくると予想して、橘花はその一撃への防御に集中し、致命傷を防げたのだが。

「橘花⁉」

驚愕の声は、大和のもの。

しかし、それに応える間を惜しみ、彼女は声を張り上げた！

「スサノオさま！　来てください！」

文字通り死ぬ気で作った一瞬の隙に、最強の助っ人を呼ぶ。

「橘花！」

果たして、スサノオノミコトは来てくれた。

「おやおや、愚弟のお出ましかい？」

ツクヨミノミコトが嫌そうな顔をスサノオノミコトに向ける。

「兄上、お覚悟！　姉上に逆らったことはどうでもいいが、我が巫女を斬り捨てんとしたことだけは、容赦できん！」

どうでもよくはないことを「いい」と言い切った気がするが、何はともあれ一安心。

たちまち始まった兄弟神の戦いを横目に見ながら、橘花は息を吐いた。

そんな彼女の前に、大和が飛んでくる。

「橘花！　無事か？」

「……大和さん」

大和の顔は血だらけだ。どうやら額を切ったらしい。

顔色もひどく悪いが、これは橘花を心配したせいだと思われた。

全身をよく見ると、いつも着ているシャツとズボンはボロボロで、髪もグシャグシャ。

そのすべてが、ツクヨミノミコトとの戦いの激しさを物語っている。

「無事でよかった。大和さん」

心から、そう思った。

自然に手が上がり、大和のほうに伸びる。

大和もまた手を伸ばし、ギュッと抱き締めてくれた。

「バカだ。お前は。……何で来たんだ？」

「来たかったから」

それ以外の返事はできなくて、橘花はただ抱きつく力を強くする。

しかし、それも束の間。すぐにふたりは転がって、その場所から離れた。

たった今まで、橘花と大和がいた場所に、グサリと槍が突き立てられる。

「ようやく出番か。待ちくたびれたぞ」

槍の主は、甲冑姿の武者だった。

「タイラノマサカド！」

しかも武者の背後には、他にも様々な神々がひしめいている。

「一番槍は私だ。名高きヤマトタケルノミコトと戦えること、名誉に思うぞ！」

意気揚々と、タイラノマサカドが叫んだ。

「うっ！　……それは」

突如現れた新たな神――タイラノマサカドに、自分の正体をバラされた大和は目に見えて狼狽える。

橘花は安心させるように彼の手を握った。

「大丈夫です。大和さん、私、知っていますから」

「……知って？」

「ええ。大和さんがヤマトタケルノミコトさまだということも、私がオトタチバナヒメだったということも、知っています」

大和が目を見開いた。

「まさかっ！　記憶が戻ったのか？」

厳密には違う。記憶が戻ったのではなく、ツクヨミノミコトに思い出させられたのだ。

しかし、この際、そんな違いはどうでもいいだろう。

そう思って橘花は頷き肯定する。

「オトタチバナヒメ！」

感極まったように叫んだ大和が、橘花を尚強く抱き締めようとした。

「俺を無視するんじゃない！」

しかし、そこに文字通り横槍が入る。

それはタイラノマサカドで、存在を丸っと無視された厄除けの神の首は、怒りのあまりか胴体から離れて空中を飛んでいる。

「キャアッ！」

さしもの橘花も悲鳴をあげた。

そういえば、タイラノマサカドには切られた首だけで宙を飛んだという伝説がある。

(ど、どうしよう？　ホラーは苦手なのに！　そうだ。こういう時は他力本願よ！)

「クシナダヒメさま！　ムナカタサンジョシンさま！　タカオカミさま！　ホンダワケノミコトさま！　……皆さま、お助けください！」

橘花は次々と神々の名を呼んだ。

「もうっ！　橘花さんったら、呼ぶのが遅いわよ！」

すぐに現れたクシナダヒメが橘花と大和の前に立ち、壁となってくれる。

「タイラノマサカド！　お前とその仲間の相手は、私だ！」

好好爺の仮面を脱いだホンダワケノミコトが、タイラノマサカドの首を蹴飛ばした。

「さて、クラオカミはどこかな？　……ああ、あそこか、久々に暴れられるな」

ドロンと龍の体に戻ったタカオカミは空の彼方にいるもう一匹の龍を見つけ、嬉しそうにそちらへ泳いでいく。

「タカオカミさま～、やりすぎないでくださいねぇ～」

タカオカミの龍体から慌てて転げ落ちたノヅチが声をかけた。

「キャア！　ツクヨミノミコトさまよ！」

「お会いできたのは百年ぶりだわ！」

「……相変わらず、お美しい」

場違いな歓声をあげたのは、ムナカタサンジョシン。

「早くお傍に行かなくっちゃ！」

「スサノオノミコトさまにばかり、独り占めさせませんわ！」

「ツクヨミノミコトさまの攻撃を受けるのは、私たちよ！」

どこか違うテンションに盛り上がったムナカタサンジョシンは、スサノオノミコトとツクヨミノミコトの戦いに参戦するべく駆けていく。

「……あれって、大丈夫なんですか？」

不安になる橘花に、クシナダヒメが安心させるように笑いかけてきた。

「大丈夫。ある意味、この中で一番強いのは彼女たちだから」

そんなことがあるのだろうか？

とても信じられずに見つめていると、ムナカタサンジョシンの声が響いてきた。

「ああ、ステキ！　右から斬りかかると見せて、実は左というフェイントだわ！」

「上段に振り上げながら、狙いは下からの切り上げという、性格の悪さが滲み出る攻撃もいいですよね！」

「何を言っているの！　ツクヨミノミコトさまの代名詞と言えば、鬼畜な幻影呪術ですわ！　相手の一番愛する方の姿を模して攻撃するのですもの、えげつなさにうっとりしてしまいますわ！　スサノオノミコトさまがお相手なら、クシナダヒメさまのお姿を見せてくださるのでしょうか？」

「あら、アマテラスオオミカミさまかもしれませんわよ？」

「どっちにしても、攻撃してもしなくても、スサノオノミコトさまには大ダメージを与えられそうですよね？」

キャッキャ、ウフフと笑い合いながら、ムナカタサンジョシンはツクヨミノミコトの攻撃をすべて見切り暴いていく。

——たしかに、最強のようだ。

ここまで自分の攻撃パターンを読まれていては、ツクヨミノミコトも戦いにくいに違いない。

問題は、ツクヨミノミコトのみならず、味方にもダメージを与えることだろう。

「……頼むから、黙っていてくれ。兄上の〝殺る気〟に油を注いでどうするんだ」

泣き声交じりの哀願は、スサノオノミコトから。

「まあ、それは重畳！」

「真剣なツクヨミノミコトさまのお顔を堪能できるじゃないですか！」

「普段アンニュイなツクヨミノミコトさまの黒い目に、怒りの炎がきらめくところが、最高にステキなんですのよ！」

そう叫んだムナカタサンジョシンは、もっとよく見ようと思ったのか、ツクヨミノミコトのほうに詰めかけようとする。

「あ、おい！」

「……いい加減にしろ！」

焦って制止しようとしたスサノオノミコトを押しのけ、ツクヨミノミコトが怒鳴った。

彼が手にしていた剣は真っ黒な炎を出し、天をつく勢いで燃え盛る。

相当怒っているのは、誰が見ても一目瞭然だ。

「消え去れ！」

怒鳴り声と同時に、ツクヨミノミコトが剣を振り上げた。

「キャーッ！」

何故か嬉しそうな黄色い悲鳴をあげたムナカタサンジョシンが、三人揃ってスサノオノミコトの背中に隠れる。

その後、ドン！　と、効果音の聞こえる勢いで、スサノオノミコトをツクヨミノミコトのほうへ突き飛ばした。

「うわっ！　おいっ⁉」

慌ててスサノオノミコトが振り下ろされる黒い炎の剣を自分の剣で受け止める。

ガキィィ～ン！　と金属音がして、空気がビリビリと震えた。

剣を交えた兄弟神は、互いの衝撃で動けなくなる。

「今だ！　ヤマトタケルノミコト！」

スサノオノミコトが叫んだ。

その声が聞こえるや否や、大和は駆け出していく。

「クシナダヒメさま、橘花を頼みます！」

「任せなさい！」

そんなやり取りが耳に入ってきた。

一瞬で、ツクヨミノミコトとの間を詰めた大和は、十拳剣（とつかのつるぎ）――おそらくは、神剣草薙（くさなぎ）の剣を大上段に構える。

「ヤァァァッ！」

裂帛（れっぱく）の気合で振り下ろした！

ズザッ！　と音がして、ツクヨミノミコトの体が真っ二つに裂ける。

「ここまでだ！　勝負あり！　我らの勝ちだ！」

スサノオノミコトが声高らかに勝利を宣言した。

見ると、ホンダワケノミコトがタイラノマサカドの首を脇に抱え、スガワラノミチザネやニッタヨシオキと思われる神々を踏みつけている。

龍のタカオカミも、もう一匹の龍――おそらくクラオカミの首に噛みつき、動きを止めていた。

そして、何故か、クラオカミの龍の尾にミケがかじりついている。

（あ、いたのね？）

てっきり隠れていると思った猫神の奮闘に、橘花はちょっと感動した。

それ以外でも、ツクヨミノミコトが斬られたせいなのか、どこもかしこもよろず屋に味方する神々が勝利を収めているようだ。

ホッと橘花が安心したところで、背後から声がした。

「あ〜あ、残念。負けちゃったか」

クルリと振り向くと、そこにいたのはツクヨミノミコト。

真っ二つになったはずなのに、傷ひとつない美しい姿で肩を竦めている。

「兄上、いい加減にしろよ！」

スサノオノミコトがギロリと兄神を睨みつけた。

「どうやらそのほうがよさそうだね。もう少し楽しめると思ったんだけど……残念だな」

「兄上！」

「はいはい。わかったよ。相変わらずお前はうるさいね」

ツクヨミノミコトはこれ見よがしに耳を塞ぐ。

スサノオノミコトは怒鳴ろうとしたが……なんとか我慢したようだ。

「あのスサノオさまが感情のままに叫ばないなんて……天変地異の前触れかもしれませんね」

かなり本気で、橘花は心配する。

「お前なぁ〜！」

今度は、橘花のほうに向かってきたスサノオノミコトは……破顔一笑。ニカッと笑った。

大きな手を伸ばして頭をクシャッと撫でてくる。

「……よくやったな、橘花」

「はい！」

笑いかけられ、笑い返す。いつの間にか傍近くに来ていた大和に、背後から抱き締められた。

グイッとスサノオノミコトから引き離される。

「気安く触るな。……橘花が減る」

「減るわけないだろう！　第一、俺が我が巫女に触って何が悪い！」

「何もかもだ。……助けてもらったことには感謝するが、それはそれ！　橘花は俺の〝妻〟だ」

「つ、妻⁉」

橘花はびっくりして後ろを振り向いた。

そこにあったのは、蕩けるような大和の笑顔。

「妻だろう？　オトタチバナヒメは、我が妻だ」

当然とばかりに言い切られる。

「そ、それは――」

「バカを言え！　橘花は、橘花だ」

それを叱りつけて止めてくれたのは、スサノオノミコトだった。

「いい加減、過去ばかり見ていないで現実を見ろ！　昔はオトタチバナヒメだったにしろ、今の橘花はお前の妻じゃない！　橘花という人間の娘で、我が巫女だ」

一瞬、大和が呆然とする。

その隙を突いて、スサノオノミコトが大和から橘花を取り返した。まるで子どものように片手で抱き上げて、大和を睨みつける。

「俺が橘花をお前に会わせてやったのも、永きを待ち続けたお前を哀れに思い、一目だけでもと思ったまでだ。それが叶ったからには、これ以上の温情をかけるつもりはないからな。……お前が、本当に今の橘花が欲しいのなら、それ相応の誠意と熱情を見せてみろ！　少なくとも、前世で妻だったからなんていう陳腐な理由で橘花を縛るつもりなら、俺は大切な巫女を渡すつもりはないからな！」

スサノオノミコトに怒鳴られて、大和は唇を噛み締める。

悔しそうに睨みつけるが、スサノオノミコトはフンと鼻で嗤うばかり。

その後、スサノオノミコトは橘花を抱いたまま、今度はツクヨミノミコトのほうに向いた。

「兄上も……どうせ今回の騒動は、姉上ひとりがご自分の責任で神々の粛正を行うのが気にくわなかっただけなんだろう。それも、処罰された有象無象の神々から姉上が逆恨みされたり怨念を向けられたりするのが心配だっただけだ。自分が反対派の中心になることで、俺や他の神々を姉上の味方として積極的に関わらせるよう導き、ついでに不穏分子を炙り出そうとしたんだろうが……そういう回りくどいやり方は、本気で迷惑なんだよ！　姉上を助けたいんなら、もっと素直に手伝いを申し出ろ！　いい大人だろ！」

ツクヨミノミコトの笑顔が……ピキピキと強ばった。

「……私は、お前のそういう何も考えていないようでいて何もかも見抜いているところが嫌いだよ。遠慮なしに核心を突いてくるのは、やめてくれないか」

「フン！　突かれて困るような核心を隠しているのが悪い」

「ホントに嫌な弟だね」

兄弟神は互いに嫌そうに顔を背ける。

クシナダヒメや他の神々が苦笑した。

「――行くぞ！　橘花」

そんな中、スサノオノミコトが唐突に橘花に話しかける。

「え？」

「こんな所、もう用はない。柏槇神社に帰るぞ」

「あ……でも」

とす。

橘花は大和を振り返った。

彼は橘花のほうに手を伸ばしかけ――しかし、途中でその手を握り締めて下に落とす。

（え？　どういうこと……まさか、私がオトタチバナヒメと同じじゃないから……橘花である私は、いらないの？）

ズキン！　と、胸に痛みが走った。

縋るように橘花を見ていた黒い目が、伏せられる。

「大和さ――」

「行くぞ、橘花！」

それ以上、会話をすることもなく、橘花はスサノオノミコトに連れ去られた。

瞬時に、目の前の光景が見慣れた柏槇神社の本殿となる。

そこには橘花の父がいて、急に現れた娘とスサノオノミコトに驚いた。

「へ？　あ……お帰り？」

「ただいま。――もう！　スサノオさま、いくら何でも急すぎます！」

挨拶もそこそこに、橘花はスサノオノミコトに噛みつく。

「うるさい！　うるさい！　いいか、俺は絶対ヤマトタケルノミコトを認めないからな！　お前の夫は、俺の眼鏡にかなった奴でなきゃダメだ！」

腰に両手を当て、仁王立ちになってスサノオノミコトは宣言した。

「えぇっ！　ヤマトタケルノミコトさま？　夫って、どうしてそんな話になっているんだい？」

橘花の父は困惑顔だ。

「夫とか、そういうのじゃなくって！　大和さんに怪我はなかったのかとか、よろず屋はこれからどうなるのかとか、まだまだ聞きたいことがいっぱいあったのに！」

「そんなもの、お前が気にする必要はない！　ヤマトタケルノミコトはピンピンしていたし、よろず屋には姉上が関わっているのだ、何の心配があるものか！　……いいか、これから当分、お前は外出禁止だ。不埒（ふらち）な輩（やから）が出入りできないよう、柏槇神社には俺の結界を張っておくからな！」

「えぇ～！　横暴（おうぼう）！」

橘花は驚いて抗議した。

スサノオノミコトの結界が大和を弾き出すためのモノなのは、確かめるまでもない。

「そんなことをするなら、クシナダヒメさまに言いつけますよ！」

橘花は伝家の宝刀、クシナダヒメの名前を出す。

スサノオノミコトが「うっ」と呻（うめ）いた。

「そ、それは――」

「クシナダヒメさまには十年口をきかない刑を言い渡されているのでしょう？　私が間に入らなければ、きっと十年経とうが百年経とうが、口をきいてもらえませんよ。それどころか、今のスサノオさまのなさりようを知ったら、刑は千年に及ぶかもしれません」

「……ぐ、ぐぬぬぅぅ」

スサノオノミコトは握った拳をブルブルと震わせ、下を向く。

しばらくの後、悲愴な表情で顔を上げた。

「それでもだ！　それでも、俺はお前をヤマトタケルノミコトに会わせるつもりはない！」

「スサノオさま！」

「いいか、絶対ヤマトタケルノミコトとは会うなよ！　しかと言いつけたからな！」

一方的に命令すると、スサノオノミコトは消え去った。

後に残ったのは、呆然とする橘花と、混乱する父ばかり。

「……橘花、これはいったいどういうことなんだい？」

父の質問に、どう答えていいのかわからない橘花だった。

最終章　橘花と大和の選択とこれから

スサノオノミコトの結界は、高く聳え立つ岩山のようだった。

まず、その険しい威容で入ろうとする者の精神を挫き、恐怖心に打ち勝って侵入した者も実際に目の前に立ちはだかる堅固な結界に物理的に拒絶される。諦めずに進んでも頂は遙か彼方。どれほど努力しようとも辿り着かない現実に、挫けてしまうのだ。

(まったく、とんでもないわ。そんな結界を私に対しても張るなんて！)

そう。対ヤマトタケルノミコトにだけ張られていると思われたスサノオノミコトの結界は、橘花にも有効なものだった。

おかげで、あれからずっと橘花は柏槙神社を出られないでいる。

(いくらなんでも横暴よ)

まあ、橘花以外の人間には結界の影響は何もないし、実質彼女はニートで、何がなんでも出かける必要はないので、さほど被害はないのだが。

神社に併設されて建つ自宅の自分の部屋に強制的に引き籠もり状態にされたため、橘花はいろいろゆっくり落ち着いて考えることができた。

とはいえ、それはどうしても大和のことになる。

（……大和さん、今頃どうしているのかしら？）

大和はヤマトタケルノミコトだった。

そして橘花は、彼がずっと転生してくるのを待ち続けてきたオトタチバナヒメだ。

今では前世の記憶をほぼ完全に思い出し、自分がオトタチバナヒメだったことを疑っていない橘花だが、それでも橘花は橘花。前世が誰であっても、自分が自分以外の誰かになってしまった気はしない。

（それに、大和さんのことは前から好きだって自覚があったし……）

オトタチバナヒメがヤマトタケルノミコトを想う心と、橘花が大和を想う心は、同じもの。

大和がヤマトタケルノミコトでも、橘花の想いは変わらなかった。

ただ、大和が求めているものがオトタチバナヒメだけなのだとしたら……それは嫌だなと、橘花は思う。

橘花が橘花であることを、大和に否定してほしくないからだ。

（……でも、オトタチバナヒメだけをずっと待っていたヤマトタケルノミコトにとっては、他の誰かを想うのは難しいのかもしれないわ）

思い出すのは、最後に見た大和の姿。橘花に手を伸ばそうとして、やめていた。

あの行為は、何を意味していたのか？

不完全なオトタチバナヒメとして、橘花を想うのをやめたのだとしたら――

（ううん、違うわ！　大和さんはそんな人じゃないもの！）

プルプルと首を横に振って、橘花は自分の考えを自分で否定する。

橘花が記憶を取り戻す前も、大和は彼女に優しかった。

あの時の彼の好意を疑いたくはない。

（それに万が一、大和さんがオトタチバナヒメしか愛せないのだとしても……そんなもの、私が変えてやればいいだけだわ）

橘花はそう思う。

恋愛に完成形はないし、終わりもない。

互いが互いに向ける想いは、時を重ねるに連れ変化していくのが普通だ。

（少なくとも、私は毎日大和さんへの想いが強くなっているわ）

――最初は反発していたのに、すぐに絆（ほだ）されて、それを恋だと自覚してからは、毎日恋しさが募（つの）っていた。

そして、大和の正体や自分の前世を思い出し、ますます愛しさが増したのだ。

（しかも現在進行形！　毎日毎日大和さんが好きになっていくのに、諦めたりできるものですか！）

この前傾思考は、橘花というよりオトタチバナヒメのものかもしれない。

ヤマトタケルノミコトが大好きで何があっても彼についていったオトタチバナヒメの記憶が、橘花の想いを間違いなく後押ししている。

（そうと決まれば行動あるのみよね。何としても結界を抜けてよろず屋に行かなくっちゃ！）

橘花は強く決意した。

行動に移すべく立ち上がったところで、部屋のドアがコンコンとノックされる。

「は〜い。何？」

開いたドアから覗いたのは、父の顔。

「橘花、お前にお客さまだよ」

「お客さま？」

誰だろう？

「ああ。碓井大和って名乗っているけれど――」

「えぇ〜！」

ガタガタガタ！　と、音を立て、橘花は椅子から立ち上がった。

慌てて走っていったのは、神社の本殿だ。

何故(なぜ)かそこで大和が待っているのだという。

「大和さん！」

息せき切って本殿に飛びこむと、果たしてそこに大和はいた。

以前より少しやつれたように見えるが、板張りの床にきちんと正座していて、ピンと伸びた背筋が美しい。

「橘花！」

大和は心底嬉しそうに笑った。

彼の笑顔を見るだけで、橘花の心臓はドキン！　と跳ねる。

「どうしてここに？　スサノオさまの結界をどうやって越えたの？」

橘花はどうしても結界を越えられなかった。

それなのに、大和はいったいどうしたのだろう？

三貴子のひとりであるスサノオノミコトの神力(しんりょく)はヤマトタケルノミコトのそれより強い。当たり前に考えれば、大和がスサノオノミコトの結界を越えるのは不可能なはずなのに。

「ああ。あの結界は〝ヤマトタケルノミコト〟を対象に張られたものだったからな。俺は神座(しんざ)を返してただの〝碓井大和〟になったから、結界は効かなかった」

パタパタと床を歩き、自分の前に立った橘花を見上げて、大和はこともなげにそう話す。

「……え？」

橘花はこけそうになった。

「橘花、会いたかった」

大和の瞳が、熱を帯びて潤む。

「え？　え？　ええっ！　……今、何て言ったの？　……神座を返した？」

呆然とする橘花に笑って手を伸ばしながら、大和は頷いた。

「ああ。そう言った」

大きな手が橘花の手を捕え、引き寄せる。

あまりに驚きすぎたため大和のなすがままペタンと隣に座った橘花を、彼はギュッと抱き締めてきた。

「……会いたかった」

耳元で熱く囁かれる。

もちろん、会いたかったのは橘花も一緒だ。

しかし……頭が真っ白になった彼女は、上手く言葉を返せない。

「……神座を返したって……どうして？」

「そうでなければ、橘花に会えなかったからな。それに、スサノオノミコトは『橘花が欲しいのなら、それ相応の誠意と熱情を見せてみろ』と言っていた。神座を返すことで、少しはその条件を満たせるんじゃないかとも思ったのさ」

「それ相応――」

橘花は再び言葉を失う。

ヤマトタケルノミコトの神座の返還と自分とが相応だなんて、とても思えない！

「もちろん、俺の神座なんていうちっぽけなものが橘花の対価となるとは思ってはいないけど、誠意の欠片を見せることくらいにはなるだろう」

なのに、大和は真面目な顔で、そんなことを言ってきた。

「逆よ！　逆！　私のほうが、神座に相応しくないわ！」

「そんなことはない。俺にとって、橘花ほど価値のあるものはないからな」

首筋に顔を埋めて、そんな殺し文句を言わないでほしい！

大変なことになったのに、橘花の頭は即座に沸騰し、考えが纏まらなくなった。

「……大和さん」

「俺は本気だよ。……それに、どのみちこうすることは、選択肢のひとつとして、前々から考えていたからな」

「考えていた？」

首を傾げる橘花を見て、大和が「可愛い」と呟く。

「大和さん！」

プリプリ怒っても、それにも大和は「可愛い」と声に出す。

さすがにムッとすると、苦笑しながら話してくれた。

「オトタチバナヒメが人間として転生してくることは、わかっていたからな。せっかく巡り会えても、神と人間では生きる長さが違いすぎる。オトタチバナヒメを神とするか、そうでなければ俺が人になるかしなければ、共に生涯を過ごす方法はないだろう？　……まあ、共に神として生きる道を選ぶ可能性のほうが大きいとは思っていたんだが、人間を選ぶ道をまったく考えなかったわけではなかったよ」

たしかに、その通りだ。

「オトタチバナヒメが――橘花が人間でありたいと望むなら、俺は躊躇いなく神座を返還するつもりだった。……まあ、その場合は、二世の契り――いや、永世の契りを結ぶのは、譲れない条件だったがな」

二世の契りとは、生まれ変わっても夫婦になろうと誓うこと。

「……大和さん」

「二、三度転生を繰り返せば、再びふたりして神座を得ることも可能だと思う。最終目標は、スサノオノミコトとクシナダヒメさまのような関係になることだ。橘花はおふたりが好きだろう？」

目を覗きこまれて、橘花の頬は熱くなった。

「……そうなると、大和さんは私のお尻に敷かれちゃうと思うけど」

「望むところだ。いつでも最高のクッションになるよ」

そう言いながら、大和は本当に橘花を膝の上に乗せてしまう。

たまらず、橘花は彼に縋りついた。

自分のために神座を捨てて喜んで尻に敷かれると言ってくれる彼が、心から愛しい。

「橘花……俺と結婚してほしい。お前とオトタチバナヒメを別に考えることは、俺にはできない。ただ俺は、前世オトタチバナヒメであった今の〝橘花〟を愛している。……それでは、ダメか？　永遠に愛し、幸せにすると誓う」

橘花は、橘花だ。

でも、前世でオトタチバナヒメであったことも間違いない事実。

それをすべてひっくるめて愛してくれるのなら、橘花に否があるはずもない。

(何より、私も大和さんを愛しているんだもの)

「はい。私を大和さんの妻にしてください」

「橘花！」

大和の左手が橘花の腰を力強く支える。右手は優しく頬に添えられて、大和のほうを向かせられた。

間近にある大和の顔が、なお近づいてくる。

自然に目を閉じて——唇に柔らかな感触がした。

チュッと音がして、すぐに離れたと思ったぬくもりが、目を開ける前にまた戻ってくる。

今度は、強く長く吸われた。

(私、大和さんとキスしている……はじめてじゃないけれど……でも、恋人としては、はじめてのキスだわ)

以前、よろず屋の仕事の一環としてしたディープキスは、もっと激しかった。

もちろんその時もクラクラドキドキとしたのだが……何故(なぜ)だろう？　今のこの優しいキスのほうが、心臓が熱くてうるさい。

ようやく唇が離れ、目を開けた。

情熱的な黒い瞳に射貫かれる。

「……橘花、もう一度」

またキスされそうになった、その瞬間——

「うおぉぉ～！　いい加減にしろ！」

大きな声が響き渡った。

「お前ら！　俺の神殿で、いちゃいちゃするんじゃない！」

ドン！　と現れたのは、言わずと知れたスサノオノミコトだ。何故か半泣きになっている。

「ああ、もう！　お邪魔したらダメだと言いましたでしょう！　首切れ馬に蹴られたいんですか？」

続いて現れたのはクシナダヒメだ。

「橘花さん、ごめんなさいねぇ。スサノオさまが介入しないようにみんなで押さえていたんですけれど、突破されちゃって」

申し訳なさそうに謝ってくる。

本殿にいるのにスサノオノミコトが現れないなと思っていたら、どうやらクシナダヒメが止めていてくれたらしい。しかし、「みんな」というのは誰のことだろう？

「あ、いいえ。……口をきかない刑は、取りやめになったのですね？」

橘花が聞くと、クシナダヒメは「今だけね」と言って笑う。

「ほら、スサノオさま。恋人同士の睦み合いを邪魔するなんて、無粋ですわよ。こういうものは、こっそり覗くだけにしなくては」

いやいや、覗くのもアウトだろう！

「ダメだ！　ダメだ！　ダメだ！　橘花は誰にも嫁にやらん！」

娘を溺愛する父親みたいなことをスサノオノミコトが言い出した。

「何を言っているんですか？　そんなわけにはいかないでしょう。……それに、橘花さんは人間です。同じ人間になったヤマトタケルノミコトさまがプロポーズして、それに橘花さんが『はい』と言ったのですから、これ以上、私たちに言えることなどありませんよ」

　クシナダヒメに窘められ、スサノオノミコトは言葉に詰まった。

　荒くれ者の英雄神の手綱を握る女神は、大和に向かって慈愛の笑みを向ける。

「ヤマトタケ――いいえ、大和さん、本当に思いきられましたね。まさか、神座を捨ててしまわれるとは思いもしませんでした。でも、それだけ橘花さんを愛しておられる証拠なのでしょう。私は――私たちは、あなたたちの結婚を祝福しますよ」

「俺はしないぞ！」

　性懲りもなく叫んだスサノオノミコトは、クシナダヒメの肘鉄で沈んだ。

　大和は晴れやかに笑う。橘花を膝から下ろし背筋を正してから、スサノオノミコトとクシナダヒメに頭を下げた。

「ありがとうございます。橘花は、必ず私が幸せにします。……これからも幾久しく私たちを見守りください」

　橘花も並んで頭を下げる。

「スサノオさま、クシナダヒメさま、私、幸せになります。これからもよろしくお願いいたします。――祓い給い。清め給え。神ながら守り給い。幸い給え――」

橘花は祈りの言葉を口にする。

同時に、本殿に眩しい光が満ちた。

「おめでとう！」

「やったね！」

「お幸せにね！」

ムナカタサンジョシンにタカオカミ、ホンダワケノミコトやアメノヒワシノカミ等々、次々に神々が顕現し、口々に橘花と大和を祝福する。

「……チクショウ！　橘花を泣かせたら絶対許さないからなぁ～！」

ついに、やけくそのようなスサノオノミコトの怒鳴り声が一際大きく響いて、本殿は明るい笑い声で満ちた。

その後。大和は橘花の家族に、正式に挨拶をした。

「橘花さんを愛しています。結婚をお許しください」

いろいろ事情を知る父はオロオロと大慌て。前代未聞の神が人間になってのプロポーズに、どうしていいかわからぬ様子だ。

そんな父を一喝し、母が祝福してくれた。

「橘花が愛した人ならば、何も言うことはないわ。おめでとう」

生意気盛りの弟は、ジロジロと大和を見る。

「ま、よさそうな人だし、いいんじゃね？　……あ、でも、俺は神社を継ぐつもりはないんで、親父がくたばりそうになったら、婿養子に入ってほしいんだけど、そこは大丈夫？」

そう言った。

「えぇっ？　姉さん、初耳なんだけど」

「神さまとの相性は姉貴のほうがずっといいんだから、当然だろう？　何より俺は、こんな貧乏神社に縛りつけられたくねぇからな。地道に公務員でも目指すことにするさ」

まさか、弟がそんなことを考えていたとは知らなかった。

「……俺がスサノオノミコトの神社の宮司か。それも面白いかもしれないな」

大和がクスリと笑う。

（元ヤマトタケルノミコトがスサノオノミコトの宮司？　それって、大丈夫なの？）

思いも寄らなかった未来に、橘花は呆然とした。

とはいえ、それはどうなるかわからない、まだ先の未来。

とりあえず、橘花と大和はよろず屋で商売をしながら暮らすことになった。

結婚式はまだ先なのだが、離れていたくないという大和の主張が認められ、ふたり一緒によろず屋に帰ることにしたのだ。

人間となった大和だが、アマテラスオオミカミから加護を受け、よろず屋の商売は今まで同様継続できるらしい。

カタタンカタタンとふたりで電車に揺られ、海を眺めて、小さな駅に降り立つ。十メートルほどの直線道路を過ぎて、交差点を右に曲がると、見慣れた商店街が目に飛びこんできた。

典型的な駅前商店街には、今日もやはり人通りが少ない。

五十メートルほど歩いて、よろず屋の前に立った。

(最初に来たときを思い出すわ)

あの日と違うのは、隣に大和がいること。

古い木造二階建ての店舗兼住宅が、今日から橘花の自宅なのだ。

「ただいま」

声を出すと、隣に立つ大和が顔を覗(のぞ)きこんできた。

「おかえり」

優しい声に迎えられる。

どちらからともなく手を握り合ったふたりは、これから共に暮らす住み処に一緒に入っていく。

「ニャー」

『おお、帰ってきたか。待ちわびたぞ』

招き猫ならぬ猫神のミケが、どこからともなく現れた。

転生したオトタチバナヒメと、人間となったヤマトタケルノミコトの未来が、ここから始まるのだ。

久遠の呪祓師——

怪異探偵犬神零の大正帝都アヤカシ奇譚

帝都を騒がす
事件の裏に怪異あり——

薄幸探偵+異能少年
陰陽コンビの
大正怪異ミステリー

謎多き美貌の探偵
心の闇を暴き魔を祓う!

——大正十年。職業婦人になるべく上京した椎葉桜子(しいばさくらこ)は、大家に紹介された奇妙な探偵事務所で、お手伝いとして働き始める。そこにいたのは、およそ探偵には見えない美貌の男、犬神零と、不遜にして不思議な雰囲気の少年、ハルアキ。彼らが専門に扱うのは、人が起こした事件ではなく、呪いが引き起こす『怪異(けいい)』と呼ばれる事象だった。ある日、桜子は零の調査に同行する事になり——

◉定価:726円(10%税込)　◉ISBN:978-4-434-31351-6　◉Illustration:千景